탱
고

*tango*

보고 싶은 전경서에게 이 책을 바칩니다.

*R.I.P.*

# 탱
# 고
*tango*

**초판**  1쇄 인쇄 및 발행
       2024년 10월 10일

**지은이**  전현서

**책임편집**  이종숙
**편집**  김연정, 김태정, 이수빈
**기획**  백용현
**디자인**  스튜디오 달사람
       moonmanstudio@naver.com
**펴낸이**  정창득
**펴낸곳**  도서출판 얘기꾼
**연락처**  T_070.8880.8202  F_0505.361.9565
       E_batistaff@naver.com
**주소**  서울시 종로구 삼일대로 30길21, 1214호

ISBN  979-11-88487-20-2  03810
출판등록  2013. 1. 28 [제300-2013-124호]

ⓒ 전현서 2024

---

\* 이 도서는 평택시평택시, 평택시문화재단 평택시문화재단, 경기도 경기도, 경기문화재단의 「2024년 모든예술31(경기예술활동지원)」의 지원을 받아 발간 제작하였습니다.

# 탱고
*tango*

전현서

**차례**

**탱고**
009

-

**스틸**
040

-

**춘하추동 밥집**
074

-

**숨은그림**
105

-

**보파김밥**
119

-

푸른 옷소매
157

-

올드 브리지
187

-

지제
214

추천사 — 228
작가의 말 — 230

탱
고

　　홍련은 눈을 뜨자마자 냉수를 들이켰다. 잠에서 깨면 가장 먼저 찬물을 마시는 일은 오랜 습관이었다. 그래도 그의 숙변은 꿈쩍하지 않았다. 밤새 배가 뒤틀렸는데 숙변 때문이었는지 어젯밤 과한 소주 때문이었는지 알 수 없었다. 그는 무엇이든 잘 참았다. 특히 소변이나 대변보는 일을 참는 데는 선수였다. 국민학교 다닐 때 종종 바지에 똥을 지린 이유도 화장실을 참았기 때문이었다. 장에 문제가 있을지 모르니 병원에 가보라고 선생님이 말했을 때, 홍련은 선생님이라고 모든 것을 아는 것은 아니구나 생각했다. 그저 참았을 뿐이고 대부분은 잘 참아졌지만, 가끔 실수하는 것뿐이라고 마음으로만 대꾸했다.

차가운 물이 가슴께를 지날 때 뻐근했다. 홍련은 손바닥으로 가슴을 문질렀다. 달래듯 살살 쓰다듬으며 방문 앞에 일렬로 놓인 소주병을 세기 시작했다. 하나 둘 셋 넷 다섯. 그리고 창문을 향해 쓰러져 있는 한 병. 홍련은 무릎걸음으로 다가가 넘어진 병을 들고 바닥에 고인 소주를 입에 털어 넣었다. 단 한 모금이었다. 가슴이 쏴 했다. 여섯 번째 병까지 나란히 놓고 나서야 자리에서 일어났다. 소주병은 여섯 개였지만 오늘은 금요일이었다. 홍련은 하루에 한 병을 마셨으므로 다른 때 같았으면 토요일이어야 했다. 어제 홍련이 한밤중에 일어나 소주 한 병을 더 마신 이유는 그 소리 때문이었다. 그것은 소리라기보다는 공기의 흐름 같은 것이었다. 물체가 움직이면서 공기를 가르는 미세한 떨림. 전작이 있던 터라 금세 잠이 들었지만, 홍련은 꿈인 듯 아닌 듯 들려오는 쉭쉭, 후후, 하는 그 느낌에 잠이 들 때보다 더 빠르게 잠에서 깼다. 처음 그 소리가 들렸을 때 이불을 끌어다 얼굴을 덮고 귀를 틀어막고 등을 웅크렸다 펴기를 여러 번, 마침내 벌떡 일어나 앉았다. 창을 통과한 옅은 달빛이 소주병을 비추고 있었다. 병 안에 들었던 말갛고 투명한, 순수하기만 할 것 같은 그것이 홍련을 끌어당겼다. 그는 무심하게 소주병을 땄다. 미적지근한 소주가 마른 목으로 넘어갈 때 방 안에서 떠돌던 소리도 함께 그의 몸 깊숙이 숨어들었다.

다행히 아침까지 잘 수 있었다. 냉수를 마시며 이번에는 배를 꾹꾹 눌렀다. 두툼한 뱃살이 숨을 참는 것처럼 뒤로 쑥쑥 물러났다. 밤새 그를 뒤척이게 했던 소리가 장기 속에서 자다가 깼는지 꾸르륵꾸르륵 무시로 소리를 냈다. 누구는 홍련이 예민한 청각을 가졌다거나 공황장애 같은 병이 있어 소리에 히스테릭한 반응을 하는 것이라고 할지도 몰랐다. 사실 홍련은 그렇게 민감한 사람은 아니었다. 오히려 둔한 쪽이었다. 오죽하면 술을 그렇게 마셔도 술맛을 몰랐고 어릴 적 아이들이 똥싸개라고 돌을 던지고 놀릴 때도 그러려니 했다. 똥을 쌌으니, 똥싸개는 틀린 말이 아니었으니까.

어느새 정오가 다 되었다. 주인 여자는 홍련에게 점심 무렵 가게로 나오라고 했었다. 할 말이 있다고 했는데 듣지 않아도 알 것 같았다. 근래 가게 매출이 곤두박질하는 중이었다. 홍련이 일하는 <명랑식당>만의 문제는 아니었다. 근방 고만고만한 분식집은 물론이고, 30년 넘게 하루도 문 닫은 적 없는 <새나라문방구>도 위태롭기는 마찬가지였다. 그래도 문구점 할머니는 "이러다 좋은 날 올 거다. 견뎌 보자." 했고, 미용실 젊은 여자 사장도 보라색으로 물들인 단발을 쓸어 넘기며 "그렇겠죠? 언니, 헤헤"했었다. 미간을 찌푸리며 뾰족하게 응수한 사람은 주인 여자였다. "저러다 된서리 맞지. 쯧쯧." 주인 여자는 홍련에게 중대한 통보를 할지도 몰랐다.

    홍련은 손에 물을 묻혀 제멋대로 뻗친 머리카락을 손질했다. 머리통이 훤하게 드러난 정수리 쪽으로 머리카락을 넘겼다. 짧은 커트 머리가 얌전해졌다. 그는 투명 테이프를 들고 바닥에 떨어진 머리카락을 찍어냈다. 그러고도 여러 번 손으로 방바닥을 쓸어 혹시 남아 있을지 모르는 머리카락을 찾아 치웠다. 그는 머리카락만큼은 참아내지 못했다. 이불이나 베개에 한 올이라도 눈에 띄면 두드러기가 난 것처럼 온몸이 까슬거리고 뒤틀렸다. 그러고 나서 새끼손가락으로 립스틱 안쪽 가장자리를 훑어 입술에 발랐다. 한 차례 덧바른 다음 손가락에 남아 있는 붉은색 자국을 바짓가랑이에 비볐다. 주인 여자는 홍련의 붉은 입술에 대놓고 싫은 티를 냈다. "사거리 맥줏집은 어때?"라며 홍련의 일자리를 주선해 줄 수도 있을 것이다. 그러거나 말거나 홍련은 입술을 빨갛게 칠했다. 5월 장미처럼 진하게 붉은 입술은 그의 주근깨를 돋보이게 했다. 솟아난 광대 위로 모래처럼 흩어진 주근깨 알갱이가 홍련은 마음에 들었다. 거울을 보며 슬쩍 웃어 보이는 것도 잊지 않았다. 뒤죽박죽 섞여 있는 서너 켤레 신발 중에서 검은색 굽 낮은 구두를 골라냈다. 소맷부리로 먼지를 쓱쓱 닦아내고 붓기가 남아 있는 발을 밀어 넣었다. 마지막일수록 말끔한 인상을 남기자는 것이 그녀가 살면서 지켜온 규칙이었으므로 일바지 대신 검은 정장 바지에 검은 구두는 나쁜 선택이 아니었다. 반질반질 닳아 버린 바지가 아주 조금 신경이 쓰이기는 했다. 방문을 열면 곧바로 한길로 나가는 골목이었다. 홍련은 잠깐 방문 앞에 서서 옆집을 바라보았다. 말이 옆집이지 방문을 나란히 한 옆방이나 마찬가지였다. 홍련과는 피로 엮이지 않았고 먼 인척 관계도 아닌 타인이 사는 곳이니 문이 붙어 있어도 다른 집. 그 집에서 어젯밤 거슬리는 소리가 들려와 그를 잠 못 들게 했던 것이다. 한낮의 게으른 햇살이 옆방 문에 달라붙어 꾸물거리고 있었다. 작년에 이 동네로 이사 온 후 두어 번 보았을까 한 노인이 저 안에 있을 것이다. 나른하게 퍼진 햇살을 보며 홍련은 어젯밤 자신이 들었던 소리는 어쩌면 착각이거나 바람 소리거나, 혹은 발정 난 길고양이의 한숨 같은 것일지도 모른다 생각했다.

주인 여자는 평소와 다른 차림을 한 홍련을 보더니 눈을 동그랗게 떴다.
"뭔 일이래?"
"날씨가 좋잖아요."
홍련은 어깨를 으쓱 올렸다.
주인 여자가 찢어진 눈을 가늘게 뜨더니 웃을 듯 말 듯 입을 달싹거렸다. 그에게서 매운 양파 냄새가 났다.
"갑자기 미안한데, 자기도 요즘 내 형편 알지?"

"그러잖아도 그만두려던 참이었어요."
"어머! 우리 통했구나."

처음 일자리를 구하러 <명랑식당>에 왔을 때만 해도 제법 장사가 괜찮았다. <명랑식당>은 식당이지만 분식집에 가까웠다. 밥 손님보다 꼬마 손님들이 더 많이 들락거렸고 메뉴도 아이들 입에 맞는 것들로 꾸려졌다. 초등학교와 중학교가 백여 미터 거리에 있는 데다 맞벌이가 많은 주택 밀집 지역이라 늦은 시간까지 뛰어다니는 아이들로 골목은 늘 왁자했다. 코로나19 전염병이 길어지면서 골목을 오가는 아이들도, 어른들도 그 수가 줄었다. <새나라문방구> 할머니 말에 따르면 벌써 수년 전부터 매출이 시원찮았다고 한다. 학생 수가 적어진 탓도 있지만, 워낙 좋은 물건에 먹거리들이 넘쳐나니 문방구나 분식집 같은 곳이 예전만 못한 것은 당연했다. 그래도 초등학생 꼬맹이가 고등학생이 되고 대학생이 되어 어릴 적 먹은 떡볶이가 그리워 <명랑식당>을 찾는 일이 왕왕 있었다. 그럴 때면 주인 여자는 자신의 떡볶이 소스에 자부심을 드러냈다. 미각을 혹하게 하는 조미료의 얕은맛이었지만, 홍련도 그

맛을 즐겼고 그 동네 어느 누구도 인공 조미료가 들어갔네, 어쩌네, 하는 따위의 불평을 하지 않았다. 하루 일을 마치고 때를 놓친 젊은 엄마가 대여섯 살 딸내미와 <명랑식당> 차양 밑에서 떡볶이와 순대로 늦은 저녁을 때우기도 했다. 들쩍지근한 떡볶이와 어묵 국물로 고단한 이 골목 사람들 배를 채워 주던 <명랑식당>은 이제 주인 여자 혼자 주방과 홀을 뛰어다니며 북도 치고 장구도 두드려야 할 것이다. 그렇다고 홍련이 이곳에서 중요한 일을 한 것은 아니었다. 어둑하고 축축한 주방에서 설거지를 하고 달걀을 삶았다. 고구마나 당근 같은 채소를 썰어 튀김옷을 입히다가 밀가루가 묻은 손으로 라면이나 만둣국을 끓여내기도 했다. 홍련은 굼뗬지만, 꾀를 부리지 않았다. 면도 거품을 내기 위해 손목이 아프도록 솔을 휘저어야 했던 그 시절을 생각하면 식당 주방일쯤이야.

주인 여자는 성가신 숙제를 마친 사람처럼 개운하게 물었다.

"이젠 뭐 할 거야?"

"탱고나 배워볼까 해요."

"태앵고오?"

"네. 근데, 사장님 무슨 띤가요?"

"갑자기 탱고는 뭐고 띠 타령은 또 뭐야?"

"나는 쥐띠, 그러니까 예순둘이지요. 사장님은 내 막냇동생 정도 됐으려나."

"어머머, 홍련 씨 자기가 하도 젊어 보여서… 호호호."

홍련은 아무리 젊어 보인다 한들 앞자리부터 다른 오십과 육십 대를 구분 못 하는 – 못 하는 척 하는 – 그가 어처구니없다고 생각했지만, 첫날부터 주인 여자는 홍련을 하대했고, 홍련도 그깟 게 뭐 중요하냐 싶어 내버려두었던 것이다.

"그냥 알고나 있으라구."

홍련은 주방으로 들어갔다. 4년 가까이 홍련의 끼니와 소줏값을 해결해 주었던 이곳에서 마무리를 잘하고 싶었다. 수저통과 주방 도구를 끓는 물에 소독하고 행주를 빨아 삶았다. 부엌 바닥을 쓸고 물을 뿌려 묵은 때를 닦아냈다. 홍련은 제 속의 찌꺼기를 씻어낸 것처럼 속이 시원해졌다.

"사장님, 고마웠우."

홍련은 가게를 나오며 주인 여자를 향해 한쪽 눈을 찡긋해 보였다. 왠지 스스로 멋있는 사람이 된 것 같았다. 이제부터 월세를 걱정해야 하고 하루 반 병으로 소주를 줄여야 하겠지만 그런 건 그때 다시 생각하면 될 일이었다.

"어디 가서 일하려면 손 떠는 거나 해결해요."

홍련의 뒤통수에 대고 주인 여자가 마지막 훈수를 더했다.

홍련은 가방에서 종이 한 장을 꺼냈다. 며칠 전 버스 정류장 옆 전봇대에서 떼어낸 전단지였다. 바람에 살랑살랑 흔들리는 폼이 수작을 걸어 보겠다는 것 같아 무심코 잡아 뜯었다.

'삶이 지루할 때 탱고!'

손바닥만 한 흰 종이에 달랑 그렇게만 쓰여 있었다. 종이를 뒤집어 봐도 어떤 설명이나 그 흔한 전화번호조차 보이지 않았다. 탱고라면 가슴이 다 드러나고 엉덩이가 꽉 끼는 드레스를 입은 채 빙빙 돌다가 남자 품에도 잠깐씩 안기는 그런 춤이라는 것쯤은 홍련도 알고 있었다. 아무런 메시지가 없었지만 그 한 문장이 홍련의 가슴을 흔들었다. 탱고, 라고 입 밖으로 내뱉었을 때 머릿속이 화, 하면서 몸이 둥실 떠오르듯 가뿐해졌다. 탱고, 탱고, 발음할 때마다 입천장에 튕겨 나오는 혀의 움직임이 그렇게 짜릿할 수 없었다. 홍련은 전단지를 가방에 넣고 며칠 동안 큰 비밀이나 계획을 간직한 사람처럼 은밀했고 설렜다. 돈이 좀 모이면 탱고를 배우리라는 목표가 어슴푸레 생겼다. 이것은 떡밥이리라. 며칠 뒤엔 전화번호와 약도가 그려진 전단지가 나붙겠지. 홍련은 십만 단위의 숫자가 찍힌 자신의 통장을 떠올리며 매일 전봇대 주변을 기웃거렸다.

오늘은 탱고 전단지가 보이지 않았다. 홍련은 구인·구직 광고 종이 신문을 챙겨 가방에 넣었다. 점심을 거른 탓에 신물이 올라왔다. 집 앞 가게에 들러 크림빵 하나를 집어 들고 소주와 맥주, 막걸리가 진열된 냉장고 앞에 섰다. 손가락으로 소주병을 툭툭, 두어 차례 두들겨 보고는 그냥 돌아섰다.

"소주가 없네?"

물건값을 계산하던 가겟집 노인이 입맛을 다시며 말했다. 백태가 낀 눈은 취한 듯 졸린 듯 아득해 보였다. 홍련이 소주를 빠뜨린 것이 서운한 눈치였다.

"아직 좀 남았네요."

홍련은 냉큼 돌아서서 가게를 나왔다. 크림빵을 반쯤 먹었을 때 휴대전화가 요란하게 울렸다. 칠십 세에 저세상에서 날 데리러 오거든 할 일이 아직 남아 못 간다고 전해라. 영춘이었다. 그가 오랜만에 전화할 때는 많이 취했거나 많이 울거나 아니면 많이 흥분해 있을 때였다. 오늘만큼은 그의 넋두리를 듣고 있을 기분이 아니었다. 홍련은 입술에 묻어 있는 크림을 혀로 핥았다. 부드럽고 달콤해서 진저리가 났다. 그는 전화기를 가방 속으로 집어넣었다. 못 간다고 전해라, 전화벨은 가방 안에서 몇 차례 더 울리다 끊어졌다. 그 순간 홍련의 머릿속으로 어젯밤 의문의 소리가 떠올랐다. 그는 나머지 빵을 입에 구겨 넣고 잰걸음을 걸어 집으로 향했다.

홍련의 집은 쪽방촌에서도 골목 끝이었다. 지난봄 환경정비 사업을 한다고 대학생과 자원봉사자들이 대거 몰려와 벽을 칠하고 그림을 그렸다. 빗물이 찌들어 얼룩지고 갈라졌던 벽은 한순간에 하늘이 되었다. 파랗게 변한 벽에 구름이 너울너울 떠다녔다. 그 아래로 풍선을 든 아이들이 뛰어가는 그림이었다. 골목을 걸을 때면 홍련도 덩달아 둥실 걸음이 가벼웠다. 이대로 쪽방촌에서 살아도 좋겠다고 그때 처음으로 생각했다. 그는 방 앞에서 머뭇거렸다. 옆방 문에 귀를 가져다 댔다. 적막했다. 옆방이 궁금한 이유가 어젯밤 소리 때문만은 아니었다. 지난번 골목에서 마주쳤던 복지사 말에 따르면 옆방 노인의 상태가 좋지 않다고 했다. 홍련이 남의 일에 관심을 두거나 걱정하는 스타일은 아니었기에 대수롭지 않게 넘어갔는데 어제오늘 은근히 신경이 쓰였다. 문을 두드려 보려다 그만두었다. 다시 전화벨이 울렸다. 홍련은 영춘의 전화를 받았다.

"왜, 또?"

영춘이 인사를 하기도 전에 홍련이 먼저 받아쳤다.

"언니는 왜 나를 미워해?"

"쉰 소리 그만하고 술 좀 작작 마셔."

"외로워."

"난 괴로워. 이년아!"

"언니가 외로움을 알 리가 없지. 독해."

영춘이 풀죽은 목소리로 웅얼거렸다.

"외롭지 않은 인생 없다."

"그때가 좋았어. 언니는 하얀 가운이 잘 어울렸는데, 그래도 인기는 내가 더 많았지만, 흐흐."

"전화 끊어라."

구제 불능 영춘이. 두 번 다시 떠올리고 싶지 않다고 그렇게 언질을 줘도 못 알아먹는 멍청이 같으니라고, 홍련은 짜증이 났다.

"알았어, 알았다구. 보고 싶어 전화했다. 나는 꺼질 테니 잘 살아라, 언니야."

전화를 끊고 나니 좀 다정하게 대할 걸 싶었다. 영춘을 생각하면 마음이 아팠다. 동시에 머리카락이 등에 붙기라도 한 것처럼 몸이 따끔거렸다. 홍련은 비어 있는 소주병을 뚫어져라 바라보았다. 한 잔만 마시면 떨리는 손이 가라앉으련만. 괜히 부아가 났다. 영춘의 전화를 받지 말았어야 했다.

영춘이가 처음 이발소에 오던 날은 초겨울 비가 추적추적 내렸다. 대낮인데도 가게 안은 어두웠고 사장은 이발 의자에 앉아 졸고 있었다. 출입문 위에 달린 방울이 딸랑 기척을 했다. 물뿌리개를 닦던 홍련이 고개를 돌렸다. 작은 키에 비해 길쭉한 다리가 성큼 안으로 들어섰는데 그 순간 환한 빛이 반짝했다. 잘 익은 복숭아처럼 뽀얗게 물이 오른 얼굴에 긴 머리가 썩 어울렸다. 열아홉이라고 했다. 영춘은 아는 것도 많고 또 그만큼 맛깔나게 말을 잘했다. 홍련보다 세 살밖에 어리지 않았지만, 생김새는 십 년 더 젊어 보였고 말본새는 십 년 더 어른스러웠다. 손님들은 그런 영춘을 되바라졌다고도 했고 야무지다고도 했다. 홍련은 첫눈에 영춘이 마음에 들었다. 같은 청춘이었지만 자신에게는 처음부터 없었던 것 같은 싱싱함과 당당함이 있다는 것 외에도 그는 홍련을 잘 따랐다. 이 세상에서 영춘이가 경계하는 것은 없는 듯 보였다.

"언니, 내가 어디서 봤는데 이발사는 의사랑 똑같은 거래요." 영춘의 말에 따르면 유럽 중세 시대에는 이발사가 외과 의사를 겸했다고 했다. 홍련은 중세가 언제인지, 유럽이라는 곳이 어디쯤인지 감도 잡을 수 없는 시간과 공간이었지만, 영춘은 마치 그곳에 다녀오기라도 한 것처럼 자신에 차서 이야기했다. 영춘이 이야기를 시작하면 홍련은 손에 바리캉을 쥔 채 의자를 당겨 그 애 옆으로 다가앉았다. 푹 빠져서 듣다 보면 이발소에서 일한다는 것이 그렇게 나쁜 것만은 아니라는 생각이 들기도 했다.

"바깥에 돌아가는 삼색등 있잖아. 그중에 빨간색은 동맥, 파란색은 정맥, 그리고 흰색은 붕대를 상징하는 거예요. 그래서 이발사들은 의사처럼 흰색 가운을 입는 거지요."

영춘은 자신의 가운을 펄럭거렸다. 하지만 그 애의 말처럼 가운은 하얗지 않았다. 누렇게 바랬고 군데군데 얼룩져 있었다. 그래도 영춘은 숱가위를 째깍거리며 의사라도 된 듯 어깨를 으쓱거렸다. 손님들의 수염을 깎을 때면 홍련과 영춘은 서로 눈짓을 주고받으며 킥킥 웃었다. 영춘에게 외과 의사의 자부심 같은 게 있었다면 홍련은 외과 의사를 떠올릴수록 서글펐다. 늙은이들이 이발 의자에 앉아 자는 척 눈을 감고 홍련의 엉덩이를 더듬을 때면 온몸에 소름이 돋았다. 면도날로 그 얼굴을 긋는 상상을 했다. 가위를 쥔 오른손을 진정시키려 왼손으로 꽉 잡아야 할 때도 있었다. 오 년의 이발소 생활에 이력이 날 법도 한데 까칠하게 군다고 못마땅하게 여기던 주인은 영춘이 온 후로는 홍련에게 면도를 시키지 않았다. 홍련으로서는 세면대에서 수건을 빨고 비누를 비벼 면도 거품을 만드는 일이 수월했지만, 왠지 골방으로 밀려난 퇴물 기생 같아 서러운 생각이 들기도 했다. 부모 형제 하나 없는 홍련과 부모에게 버림받아 어린 나이에 밥벌이하러 나온 영춘은 서로 의지하며 반짝이는 시간을 싸구려 비누 냄새가 나던 이발소에서 보냈다.

영춘이 오기 전, 홍련은 빨리 돈을 모아 이발소를 떠나겠다고 생각했다. 손님들 머리에서 떨어져 나온 머리카락이 얼굴에, 가슴에, 발바닥에 붙어 떨어지지 않는 것을 볼 때마다 거머리가 떠올랐다. 언젠가는 한 올 머리카락이 피를 빨고 정기를 빨아 자신을 말려 버릴지도 모른다고 생각했다. 하루 일이 끝나면 어둑한 방 귀퉁이에 앉아 옷을 벗어 이를 잡듯 머리카락을 떼어냈다. 그러다가 밤을 새우는 날도 많았다. 벽에 걸린 말가죽 피대皮帶에 면도칼을 쓱쓱 갈면서 이도 함께 갈았다. 이발소 출입문 위에 걸려 있던 액자에는 삶이 그대를 속일지라도 노여워하거나 슬퍼하지 말라고 쓰여 있었다. 속인다니, 삶이 그대를 속인다는 것은 무슨 뜻인지 이해할 수 없었지만 홍련은 시를 외웠다. 노엽지는 않았는데 슬펐다. 영춘이 오고 난 후부터 홍련은 덜 슬펐지만, 짧게 잘려 나간 머리카락에 대한 신경질적인 반응은 나아지지 않았다.

 그들이 한창 일하던 80년대 중반에 정부에서는 퇴폐이발소를 단속하기 시작했다. 동네마다 밤낮으로 돌아가던 삼색등이 없어지고 홍련과 영춘도 일자리를 잃었다. 틈만 나면 도망을 생각했던 홍련도 막상 그렇게 되고 보니 살길이 막막했다. 배운 게 도둑질이라고 싫네, 좋네, 해도 그것밖에 할 줄 아는 게 없었다. 영춘은 홍련과 헤어지려 하지 않았다. 그렇게 몇 년을 두 사람은 한 팀이 되어 밥집으로 술집으로 옮겨 다니며 일했다. 그러다 영춘이 나이 많은 남자를 만나 살림을 차리면서 자연스럽게 홍련은 혼자가 되었다. 홍련도 한때 연애 좀 해 봤지만 신통치 않았다.

갑자기 소리가 다시 들리기 시작했다. 카르르릉, 커헉, 어젯밤보다 굵고 길게 이어졌다. 영춘의 전화로 옛 생각에 잠겼던 홍련이 벌떡 일어났다. 그는 옆집 문 앞에 다시 섰다. 톡톡 문을 두드렸다. 조금 전까지 들리던 소리는 멈추었는데 여전히 기척은 없었다. 홍련은 몇 번을 망설이다 살며시 문을 열었다. 꿉꿉하고 역한 냄새가 얼굴을 확 덮쳤다. 그는 한 발 뒤로 물러나 고개를 빼고 안을 들여다보았다.

"계세요?"

"허어어엉, 허응."

홍련은 소리에 끌려 주저주저 안으로 들어갔다. 손바닥만 한 창이 있었는데 담요로 가려져 방 안은 어두웠다. 그는 어둠이 눈에 익을 때까지 주변을 살폈다. 노인이 누워 있었다. 한 줌밖에 안 될 것 같은 체구에 이불을 목까지 끌어올리고 홍련을 올려다봤다.

"괜찮으셔요?"

"커흐으."

노인이 울부짖듯 소리를 뱉어냈다. 홍련은 문

옆의 전등 스위치를 올렸다. 희부연 빛이 금세 방 안에 퍼졌다. 노인이 미간을 찡그리며 눈을 감았다. 백발노인은 오랜 세월 동굴에 있다 나온 사람처럼 괴기했다. 예상치 못한 광경에 홍련은 잠시 혼란스러웠다. 내내 신경을 거슬리게 했던 소리가 노인에게서 나온 것이라는 생각을 왜 못 했을까. 가끔 복지사가 다녀가고 자원봉사자들이 반찬을 해 나르는 것을 보았는데 노인은 왜 저런 몰골로 누워 있는 건가. 노인의 머리맡에는 죽 그릇이 엎어져 있었다. 땟국물이 얼룩진 이불과 베개를 보자 홍련은 괜히 들어왔다는 생각이 들었다. 그때 노인이 홍련을 향해 손을 뻗었다. 갈퀴처럼 길고 앙상한 손가락이 허공에서 흔들렸다. 홍련은 손을 피해 뒤로 물러났다. 노인은 혼자 힘으로 일어나지 못하는 듯했다.

"왜요?"

"나흐으 저흐."

무언가 달라고 하는 것도 같고 홍련에게 화를 내는 것도 같았다. 괜히 엮였다가 낭패를 볼 것 같은 생각이 퍼뜩 들었다. 뒤돌아서 방을 나가려는데 홍련의 눈에 빨대가 꽂힌 물병이 들어왔다. 병은 비어 있었다. 홍련은 주춤거리며 물병을 집어 들었다. 노인이 눈을 끔벅거렸다. 다행히 생수 여남은 병이 있었다. 그는 생수통을 열어 물병에 물을 채웠다. 노인에게 다가가 빨대를 입에 물렸다. 노인이 고개를 옆으로 돌렸다. 힘겨워 보였다. 물이 쉽게 빨대를 타고 오르지 못했다. 노인은 깊게 숨을 한 번 내쉬고는 천천히 물을 끌어 올려 목으로 넘겼다. 두어 번 목을 축이자 노인이 혀를 내밀어 물병을 밀어냈다.

"쯧쯧, 목이 말랐구려."

노인은 아무런 소리 없이 다시 눈을 감았다. 홍련은 서둘러 노인의 방을 나왔다.

그날 밤 홍련은 쉽게 잠들지 못했다. 낮에 보았던 노인의 얼굴이 계속 떠올랐다. 소주라도 있었으면…. 홍련은 가방 안에서 통장을 꺼냈다. 언제 일자리를 얻게 될지 모르니 남아 있는 돈으로 버텨야만 했다. 그래도 내일 아침 소주를 한 병 사야겠다고 생각했다. 술을 좋아하지만 중독 상태는 아니라고 <명랑분식> 사장에게도 그렇게 말했었고, 가겟집 영감에게도 못을 박았던 자신이 아니었던가.

중독이면 어떻고 아니면 또 어떠랴. 깊이 생각하지 않기로 했다. 지금, 이 순간 자신은 소주가 필요할 뿐이라고 혼자 중얼거렸다. 그는 다시 전단지를 꺼냈다. 삶이 지루할 땐 탱고! 탱고, 탱고. 홍련은 두어 번 소리 내어 읽었다. 통장과 전단지를 나란히 놓고 들여다보았다. 그래도 노인의 거무스름하고 음울한 얼굴이 사라지지 않았다. 이마를 덮고 흘러내린 덥수룩한 머리와 수염, 골격 위에 도배한 듯 얇게 얹혀 있던 살갗, 그리고 가슴을 후벼파듯 부르짖는 소리. 홍련은 벽에 귀를 바짝 댔다. 조용했다. 조용하니까 더욱 견딜 수 없었다. 소리의 정체를 몰랐을 땐 궁금했고, 알고 나니 걱정이 되었다. 그렇다고 노인을 맡아 돌보고 싶은 마음은 아니었다. 또 목이 마르진 않는지, 죽이라도 먹여야 하는 건지, 이런저런 생각으로 속이 시끄러웠다.

　잠을 자는 둥 마는 둥 아침이 되자 홍련은 세수도 하지 않고 방을 나섰다. 신발을 신으며 옆방 동태를 살폈다. 가르르릉 가릉 불규칙하고 거친 숨소리가 들렸다. 잘도 자는군. 홍련은 지난밤 쓸데없이 불안했던 게 억울했다. 그래도 마음이 놓였다. 그는 버스 정류장에서 구인·구직 광고 신문지를 챙겼다. 전봇대에 다가가 전단지가 있는지도 확인했다.

'삶이 지루할 땐 탱고! 010 - XXXX - △△△△'

과연 전화번호가 찍혀 있었다. 홍련은 서둘러 전단지를 떼어냈다. 괜스레 가슴이 부풀었다. 집으로 돌아와 전화부터 걸었다.

"탱고 배울 수 있어요?"

"언제든지요."

"얼마예요?"

"호호호 일단 오세요."

발랄한 목소리의 여자가 덫을 놓듯 말했다. 홍련이 궁금한 건 돈이었는데 상대방은 홍련을 직접 보고 싶다고 했다. 그런 다음 의논을 하자고 상냥하게 전화를 끊었다. 밀고 당길 줄 아는 여자로군. 홍련은 감질나서 당장이라도 달려가고 싶었지만 통장 잔고가 발목을 잡았다. 얼만지 알아야 하든 말든 할 거 아녀. 말은 그렇게 했어도 자신의 경제 사정으로는 탱고는커녕 소주 한 병 사는 일도 심사숙고해야 한다는 걸 모를 리 없었다. 그는 일자리가 주르륵 쓰여 있는 신문 한 면을 펼쳐 놓고 전화번호에 하나하나 동그라미를 쳤다. 자신이 할 수 있는 일이 많지 않다는 것을 진즉에 알았지만 동그라미는 네댓 개에 불과했다. 첫 동그라미 속의 전화번호를 누르려는데 밖에서 인기척이 들렸다. 홍련은 문을 열고 내다보았다.

"안녕하세요? 집에 계셨네요."

앳된 복지사가 인사했다.

"어르신 보러 오셨어요?"

"네. 요 며칠 못 와서요."

"말도 아니던데."

"말도 마세요. 얼마나 완고하신지 저희가 애를 먹네요."

"거동을 못 하시나 봐요?"

"급격하게 나빠지신 건 얼마 안 돼요. 그보다 당신 몸에 손 닿는 것을 싫어해요. 목욕도 못 해 드리고… 난감해 죽겠어요."

"오늘은 무슨 일로?"

"정기적으로 왔다 가는 거지요."

"요즘엔 봉사자도 안 오는가 보던데요."

"그분들도 뾰족한 수가 없으니 반찬이나 넣어 드리고 마는가 봐요."

"고생하슈."

홍련은 문을 닫으려다 말고 머뭇했다. 혹 자신이 일할 만한 곳이 없는지 물어볼까 망설이는데 어느새 복지사가 노인의 방문을 열고 있었다. 노인에게 뭐라 뭐라 웅얼거리는 소리를 듣고 슬며시 방문을 닫았다. 무심하려 했으나 자꾸 옆방이 신경 쓰였다.

사람을 구한다는 곳이 아무리 많아도 홍련에게는 무용지물이었다. 통장과 전단지와 신문을 번갈아 들여다보는 사이 밤이 되었다. 홍련이 노인을 보고 온 후로는 전과 같은 이상한 소리는 없었다. 가끔 숨을 몰아쉰다거나 코 고는 소리가 가늘게 들릴 뿐이었다. 홍련은 처음 소리를 들었을 때를 떠올렸다. 자신이 마치 그 소리를 기다리기라도 하는 듯 이제나저제나 벽 너머 옆방에 신경을 곤두세웠다. 노인은 사람 손길을 거부한다고 했다. 제 몸을 움직여 씻지도 먹지도 못하는 주제에 거부라니. 홍련은 무엇보다 그 머리와 수염이 거슬렸다. 오랫동안 감지 않은 머리에서는 머리카락이 더욱 잘 빠지는 법이다. 희멀건 그것들이 좁은 방바닥에 흩어져 있을 생각만 해도 기분이 상했다. 가위로 싹둑 자르고 바리캉으로 확 밀어 버리면 좋겠네. 홍련은 손을 앞으로 쭉 뻗어 허공에 대고 가위질을 했다. 그러다 혼자 픽 웃었다. 가위도 면도칼도 안 쥐어 본 지 오래였다. 바리캉 사용하는 법을 기억은 할까.

    홍련은 틈틈이 옆방으로 들어가 노인에게 물을 주었다. 가끔 봉사자들이 두고 간 죽이나 카스텔라 같은 간식을 조금씩 입에 넣어 주기도 했다. 노인의 눈에 낀 눈곱을 닦아 주고 이불을 털어 햇볕에 말렸다. 하루에도 몇 차례씩 투명 테이프로 바닥의 머리카락을 찍어냈다. 홍련이 갈 때마다 노인은 눈을 감고 자는 척했다. 오히려 홍련은 그편이 마음 편했다. 어떤 날은 노인에게 영춘이 이야기를 들려주었고 탱고를 아느냐고 묻기도 했다. 노인을 씻기고 싶었지만 마음뿐이었다. 지독하던 냄새도 어느새 익숙해지고 있었다.

한 계절이 갔다. 홍련은 여전히 일자리를 구하는 중이었고 통장 잔고가 십만에서 만 원 단위로 바뀌었다. 소주를 반병씩 마시며 아꼈는데도 그랬다. 홍련은 보풀이 일어난 전단지를 하루에 한 번씩 꺼내 보았다. 그사이 노인의 대변이나 소변을 치우는 일도 아무렇지 않게 되었다. 노인은 홍련에게 몸을 맡겨 간단하게나마 목욕도 했다. 홍련은 노인의 머리를 감기고 말려 고무줄로 묶었다. 턱밑까지 자란 수염만큼은 어쩌지 못했다. 몇 번인가 머리카락을 자르고 면도를 해 줄까도 생각해 봤지만 연장도 없거니와 그것까지야, 했다.

아침부터 진눈깨비가 날렸다. 이불속에서 게으름을 피우고 있을 때 옆방에서 소리가 들려왔다. 보통 때와 달랐다. 지난가을 처음 들었던 괴상하면서도 슬픈 울림 같은 소리였다. 홍련은 이불을 걷어차고 노인에게 뛰어갔다.

"커흐흐흐, 커으."

"왜 그러서요?"

노인의 가슴이 가파르게 오르락내리락했다.

홍련은 노인의 손을 잡고 가슴을 다독였다.

"천천히 숨을 쉬어 봐요. 괜찮아요. 암, 괜찮고 말고요."

노인은 안간힘을 썼다. 얼마 후 진정이 되었는지 숨이 잦아들자 노인이 홍련의 손에서 자신의 손을 빼냈다. 퀭한 눈으로 홍련과 한차례 눈을 맞추고는 고개를 돌려 벽을 바라보았다. 눈물이 흘러 베갯잇 속으로 스며들었다. 납작하게 눌린 뒷머리 탓에 노인은 더 작고 초라해 보였다. 홍련은 노인의 머리를 손으로 쓸어 가지런히 정돈했다. 긴 머리카락이 푸석해 손에서 부서질 것 같았다. 며칠 전부터 노인이 부쩍 힘들어했다는 생각이 들었다. 그나마 한 술씩 넘기던 죽도 한 끼 걸러 한 번씩으로 줄었다. 홍련은 막연하게 노인의 마지막을 떠올렸다. 이대로 간다면…. 저 머리로 노인을 보낼 수는 없었다. 홍련은 자신의 방으로 돌아와 통장을 꺼냈다. 한 달치 소줏값이 될까 싶은 액수가 남아 있었다. 탱고 전단지가 통장에 끼여 따라 올라왔다. 너덜너덜해진 전단지 속 전화번호가 흐릿하게 지워져 가고 있었다. 탱고, 탱고. 홍련은 작게 되뇌어 보았다. 누구의 이름이라도 부르는 것처럼 기분이 좋아졌다. 그는 전단지를 다시 가방에 넣고 밖으로 나왔다. 쪽방촌 골목길에 눈이 쌓이고 있었다. 푸른 하늘 아래 풍선을 든 아이들이 금방이라도 튀어나와 눈싸움을 할 것처럼 달리고 있었다. 홍련은 이제 바리캉을 어디서 파는지 면도 거품을 내려면 무슨 비누를 써야 하는지 알지 못했다. 그래도 시내로 나가 면도칼을 사고 숱가위도 사리라.

    홍련은 면도칼을 잡은 자신의 손을 상상했다. 간간이 떨리고 있지만 아직 힘이 있었다. 이발은 고난도의 기술이 필요하다고 사장은 늘 말했었다. 한 사람의 머리를 손질하자면 가위와 면도칼, 숱가위, 바리캉을 동원해 세심하게 공을 들여야 한다고. 이발하고 난 후 가위나 칼이 지나간 흔적을 남기지 않아야 전문 이발사라 할 수 있다고 말했다. 좋은 가위질이란 잘린 머리카락이 가위 끝에 붙어 있어야 한다는 것도 잊지 말라고 했다. 머리카락이 튕겨 날아가 버리는 것은 제대로 된 가위질이 아니니 각별하게 신경 써야 한다고 했다. 그때 홍련은 귀담아듣지 않았지만 알 수 있었다. 말갛게 면도하고 난 사람의 얼굴이 얼마나 빛나는지를. 얼굴 구석구석 묻어 있는 삶의 신산함을 벗기고 나면 잠시나마 깨끗한 영혼이 되는 것 같았던 그 벅찬 설렘을. 어둡고 슬픈 이발소 생활을 떠올릴 때마다 비참했고, 도망가고 싶었지만 이발 기술을 부릴 수 있다는 것은 의사만큼이나 멋진 일이라고 했던 영춘의 말을 믿고 싶던 젊은 날을 기억해 냈다. 손에 착 감기는 가위를 사고 날이 잘 선 면도칼을 구해 노인의 백발과 수염을 정리하는 자기 모습을 그려 보기도 했다. 이마 콧등 귓불 얼굴 모든 부위의 솜털을 제거하고 나면 노인은 한결 말끔해질 것이다. 코털과 귀털까지도 찬찬히 밀어야겠다. 그러고 나서 뜨거운 스팀 타월로 얼굴을 진정시키고 차가운 면도크림을 얹어 현란하고도 부드러운 손놀림으로 마사지를 하리라. 불구가 된 노인의 몸을 홍련이 어떻게 할 수는 없지만 어둡고 음산한 방구석을 나와 햇살이 쏟아지는 환한 거리로 노인을 데려가는 일은 가능했다. 이발을 하고 면도를 하는 것. 그래서 단정하게 삶을 마무리하게 돕는 것. 그것이 노인을 위해 자신이 할 일이었다. 홍련은 흰 가운이라도 입은 것처럼 외투

옷자락을 펄럭여 보았다. 그는 좁은 골목을 까치발로 걸으며 탱고를 추듯 몸을 사뿐사뿐 움직였다.

*이 소설은 진안군 공식 블로그 내용을
일부 참고하였습니다.

스틸

 9회 말, 8대7로 뒤지고 있는 블루드래곤즈의 마지막 공격이었다. 앞선 두 타자가 내야 뜬공과 3루수 땅볼로 아웃된 상황. 오늘 경기에서 패한다면 최하위로 내려가야 하는 블루드래곤즈, 팀의 사활은 다음 타자인 마공수에게 달려 있었다. 그가 타석에 들어서자 관중석이 왁자해졌다. 그는 '마공수'를 연호하는 팬들을 향해 오른팔을 들어 올리며 씩 미소를 지었다. '대도大盜 마공수! 오늘도 내 마음을 훔쳐줘', 빨간색 플래카드가 푸른 하늘 위로 떠오를 듯 휘날리고 있었다.

어깨를 으쓱 추켜올린 마공수는 배트를 어깨에 걸치고 엉덩이를 흔들어 중심을 잡았다. 결정적인 상황에서 자신에게 온 기회를 놓칠 수는 없었다. 찬스를 거머쥘 행운은 어차피 자신의 것이었고 그것은 운명이라 생각했다. 마공수는 단전에 힘을 모으고 투수를 쏘아보았다.

첫 번째 공은 정중앙을 뚫고 들어오는 스트라이크였다. 빠른 공을 노리던 마공수의 예상을 뒤엎고 포수 바로 앞쪽에서 직선으로 떨어지는 변화구였다. 첫 공을 놓친 마공수는 고개를 끄덕거리며 배트를 좌우로 흔들었다. 두 번째 공은 포수 위쪽으로 많이 빠지는 볼이었다. 이어서 다시 볼이 들어왔고 마공수는 기다렸다. 2볼 1스트라이크.

투수와 포수의 사인이 길어졌다. 마공수는 뒷주머니를 문지르고 허벅지에 힘을 주었다. 세 번째 공이 날아올 때 마공수의 작은 눈이 찢어질 듯 커졌다. 그의 눈에는 배구공이 천천히 날아오는 듯 보였다. 배트를 휘둘러 강하게 공을 때렸다. 공이 투수 앞에서 튀어 올라 유격수 쪽으로 날아갔다. 마공수가 1루를 향해 내달렸다. 유격수가 뛰어 들어오며 공을 잡아챘다. 하지만 미트에서 공을 빼낼 때 아주 잠깐 미끈했고, 당황한 나머지 1루수 머리를 넘기는 악송구를 하고 말았다. 마공수는 여유 있게 1루에 안착했다.

　　마공수의 빠른 발과 상대 팀의 실책으로 만들어낸 세이프였다. 블루드래곤즈 팬들은 스프링처럼 자리에서 튀어 일어났다. 플래카드가 태극기처럼 휘날렸다. 마공수는 하늘과 팬들을 향해 두 손바닥을 들어 보이며 화답했다. 그는 바지 뒷주머니를 톡톡 두드렸다. 관중석이 다시 술렁거렸다. 마공수가 출루했다는 것은 2아웃이지만 점수를 올릴 가능성이 높다는 것을 의미했다. 팽팽한 긴장과 열기로 숨이 막혔다.

　　이어서 2번 타자가 들어섰다. 마공수의 역할은 이제부터였다. 2루를 훔치고 다음 타자가 짧은 안타라도 치면 화살보다 빠르게 달려 홈을 밟으면 되는 것이었다. 동점을 만든 후 상승세의 분위기를 탄다면 오늘 게임은 붙어 볼 만했다. 반드시 그래야만 했다.

　　마공수는 끊임없이 투수를 관찰했다. 그는 어느

선수보다 치밀하고 정확하게 상대 투수의 버릇을 꿰뚫고 있었다. 몇 년째 도루왕을 차지하고 있는 것도 재바른 발 덕분이지만, 맵고 야무진 그의 눈썰미 또한 큰 몫을 했다. 경기가 없는 날 동료 선수들이 휴식을 취할 때도 마공수는 쉬지 않았다. 10개 팀 모든 투수의 경기를 보며 모니터링하고 연구했다. 어느 투수가 어떤 동작을 할 때 도루를 하면 성공률이 높은지 데이터를 만들었다. 투수들의 알려진 버릇 외에도 마공수가 스스로 터득한 공략법들이 있었는데, 말하자면 영업비밀 같은 것이었다. 노력은 그를 배신하지 않았고 덕분에 10년 연속 30개 이상의 도루를 성공시켜 온 그였다. 그리고 그에게 주어진 별명은 '대도', 큰 도둑이었다. 마공수는 그 별명이 아주 마음에 들었다.

 오늘 투수는 우완이었다. 그는 투구 전 왼발 발꿈치를 살짝 들어 올리고, 견제구를 던질 때면 오른발 발꿈치를 움직이는 버릇이 있었다. 그 동작은 눈꺼풀이 떨리는 것처럼 미세해서 웬만한 눈으로는 감지하기 힘든 것이었지만 마공수는 그 순간을 기막히게 포착했다. 마공수가 진루하면 투수 대부분은 흔들렸다. 마공수를 신경 쓰느라 제구에 난조를 보이기 일쑤였다. 그의 빠른 발과 동물 같은 감각은 투수와 포수를 교란했다. 오늘도 다르지 않았다. 상체의 힘을 풀고, 지지대 삼은 왼발에 체중을 싣고, 오른팔은 뒤로 뺀 채 튀어 나갈 기회를 엿보았다. 투수가 연거푸 세 번 견제구를 던졌다. 2루 쪽으로 몸을 기울여 길게 리드를 가져가던 마공수 눈이 번쩍 빛났다.

마침내 마공수가 움직일 그때가 왔다. 투수가 곁눈으로 마공수를 흘깃거리며 견제했지만 분명 투구 자세였다. 마공수는 2루를 향해 내달렸다. 그의 몸이 날아가는 것처럼 보였다. 마공수의 스타트와 동시에 투수의 공을 받은 포수가 벌떡 일어나 2루로 공을 쏘았다. 마공수가 헤드 퍼스트 슬라이딩으로 2루 베이스에 손을 뻗쳤다. 그리고 공보다 먼저 도착했다. 시즌 27번째, 17경기 연속 도루 성공이었다. 마공수가 여유 있게 일어나 허리춤에 낀 흙을 털어냈다. 관중석을 향해 힘 있게 거수경례하고 뒷주머니를 탁탁탁, 세게 쳤다. 흙먼지가 허공으로 날아올랐다.

마공수의 도루는 2번 타자에게 힘을 실어 주었다. 그가 초구에 방망이를 휘둘러 중견수 앞에 떨어지는 안타를 만들어냈고, 마공수는 내달려 3루를 지나 홈까지 단숨에 파고들었다. 8대8 동점이 되었다. 이어서 3번 타자가 펜스를 때리는 장타를 만들어 1루 주자를 홈으로 불러들이면서 경기는 블루드래곤즈의 대역전승으로 끝났다.

탈의실로 돌아온 마공수가 동료와 선후배에게 둘러싸였다.

"역시 마공수야. 죽지 않았어."

"선배님, 오늘 죽여줬어요."

"마 스타! 비결이 뭐냐? 약이라도 먹냐?"

칭찬과 시샘이 섞인 동료의 말에도 마공수는 개의치 않았다. 어깨를 으쓱 올려 보이고는 알 듯 말 듯 미소를 지을 뿐이었다. 무엇보다 경기가 끝난 후 감독이 보여 준 신뢰의 눈빛을 떠올리자 온몸이 짜릿했다. 감독은 말없이 마공수의 어깨에 손을 얹고 두세 차례 다독인 것이 다였지만, 그 손길이 마공수의 마음 깊은 곳까지 닿았다.

마공수가 은근한 자부심으로 기쁨에 취해 있을

때 승철이가 다가왔다. 그는 블루드래곤즈의 포수이며 마공수와는 어린 시절을 함께한 형제 같은 친구였다.

"마공수! 오늘도 한 건 했네."

"그렇지 뭐."

마공수는 그게 뭔 대수냐는 듯 무심하게 대꾸했다. 자신이 지나치게 들떠 있다는 느낌을 주고 싶지 않았다. 승철이의 말투가 왠지 마공수를 차분하게 했다. 승철이가 마공수의 어깨를 툭 치더니 한쪽 눈을 찡긋해 보였다. 자신보다 두 배는 큰 덩치에 목소리마저 한 옥타브 낮은 승철이는 항상 형처럼 굴었다. 마공수의 성공을 누구보다 기뻐할 승철이라는 것을 알지만 왠지 그의 응원이 마냥 기쁘지만은 않았다.

마공수는 승철이의 뒷모습을 보다가 갑자기 생각난 듯 일어섰다. 사물함을 열고 옷을 갈아입기 시작했다. 땀과 흙으로 얼룩진 흰색 상의를 벗은 다음 주변을 둘러보았다. 옷을 갈아입거나 음료수를 마시거나 동료들과 이야기를 하는 등 모두 승리의 기쁨에 취해 있었다. 마공수는 눈치를 살피며 운동복 바지 뒷주머니에서 오만 원짜리 한 장을 꺼냈다. 반듯하게 두 번 접은 그것을 사물함 안쪽 깊숙한 곳에 집어넣고 바지를 벗었다. 내일은 경기도 없으니 한잔하자고 붙잡는 동료들을 뒤로하고 그는 경기장을 빠져나왔다.

 어두운 벌판에 칼바람이 몰아친다. 어린 마공수가 걷고 있다. 울지 않으려 달린다. 뛰다가 멈추면 눈물이 쏟아진다. 한 번도 본 적이 없는 엄마를 불러본다. 들려오는 것은 허공을 가르고 다시 돌아온 자신의 슬픈 목소리뿐이다. 두려움이 온몸을 덮쳐 올 때면 차라리 눈을 감고 달린다. 어느 순간 눈을 떴을 때 아버지가 나타난다. 거인처럼 크다. 아버지가 눈을 번득이며 마공수의 멱살을 잡고 높이 들어 올린다. 투박하고 거친 손아귀에 숨이 막힌다. 다리를 버둥거릴수록 고통이 목을 죄어온다. 어느 절벽에 다다른 아버지가 마공수를 치켜올린다. 그대로 손을 놓아 버린다.

 "아아아악!"

절벽 아래로 떨어지던 마공수가 무언가를 움켜잡았다. 꿈이었다. 꼼짝할 수 없었다. 물속에 잠긴 것처럼 숨이 가빴다. 천천히 손가락을 움직여 보았다. 손에 커튼 자락이 쥐어 있었다. 마공수는 긴 숨을 내쉬었다. 진저리가 쳐졌다. 꿈속의 아버지는 마공수가 기억하는 아버지와 달랐다. 아버지도 마공수처럼 체구가 크지 않았다. 그래도 그가 아버지라고 생각되었던 이유는 뱀처럼 길게 찢어진 그 눈 때문이었다. 아버지는 자신의 감정을 함부로 내보이는 사람은 아니었지만, 그의 눈은 언제나 많은 이야기를 담은 듯했다. 검은 물처럼 깊고 유리처럼 날카롭던 작은 눈. 어린 시절 마공수는 그 눈빛을 볼 때마다 까닭 없이 주눅이 들곤 했다. 20년 전에 죽은 아버지가 위협이 될 수 없다는 걸 알면서도 가끔 어디에선가 그 눈이 자기를 지켜보고 있는 듯 착각을 했다.

"그래봤자 꿈인걸."

마공수는 땀에 젖은 머리칼을 쓸어 넘기고 휴대전화를 켰다. 3시가 채 안 된 시간이었다. 다시 잠을 자보려 애썼지만 그럴수록 머릿속은 얽히어만

갔다. 지난 두 달여 동안의 일들이 먼 과거처럼 떠올랐다.

시즌 초반에 마공수는 무리하게 도루하다가 오른쪽 발목 인대가 파열되는 부상을 당했다. 상태는 생각보다 심각했고 수술과 재활 기간을 합쳐 최소 5개월은 경기에 나갈 수 없었다. 마공수는 초조했다. 36세의 적지 않은 나이에 도루왕이라는 타이틀을 얻기 위해 공백기는 있을 수 없는 일이었다.

20년이 넘도록 야구를 했지만 마공수가 야구에 타고난 소질이 있는 것은 아니었다. 또래보다 유난히 작은 키와 살집 없는 체구에 배트를 들면 전신주를 등에 업은 아이같이 우스꽝스럽고 위태로워 보였다. 타구의 속도와 거리는 타자의 체중과 비례했다. 왜소한 마공수가 치는 공은 거의 내야를 벗어나지 못했다. 땅볼로 아웃되는 확률이 높았으니 중심 타자 자리는 엄두도 낼 수 없었다. 그래도 그가 프로야구 선수까지 될 수 있었던 것은 빠른 발과 그보다 더 빠른 눈치 덕분이었다. 장타를 치지 못해도 몸놀림이 잰 마공수가 할 수 있는 역할들이 꽤 있었다. 대주자로 투입되어 도루를 한다거나 대타로 나와 희생번트를 날리고 팀을 구하는 등 자잘하게 팀에 도움이 될 수 있었다. 그렇게 차곡차곡 스탯을 쌓는 중이었는데 그의 발목을 잡은 것이 올 초 부상이었다. 마공수는 경기를 뛰지 못하는 5개월이 50년처럼 느껴졌다. 그 사이 자신의 자리를 빼앗길지 모른다는 불안감에 시달렸다. 야구장에 있을 수 없다면 자신은 죽은 것과 다름없다고 생각했다. 그에게 가장 무서운 일은 잊히는 것이었다.

　수술을 마친 마공수는 재활에 매달렸다. 목숨을 조금씩 내놓듯 간절했다. 그리고 두 달 전, 드디어 주전 선수로 등장할 수 있었다. 5개월의 공백이 무색하도록 멋지게 부활했다. 신들린 것처럼 베이스를 훔치며 날아다녔는데 그동안 삼사십 퍼센트에 불과했던 도루 성공률이 최근 한 달 사이에 백 퍼센트를 돌파했다. 부상이 있었다고는 믿을 수 없을 만큼 놀라운 활약이라고 매스컴에서도 그를 추켜세웠다. 마공수는 자신이 살아 있음을 느끼며 맘껏 즐겼다. 동료들은 물론, 특히 감독의 관심은 기대 이상이었다. 에이징커브네, 달리기가 예전만 못하네, 라며 은근히 은퇴를 종용하던 감독이 완전히 다른 사람이 되어 마공수를 찾았다. 접전 상황에서 마공수를 대타로 기용해 베이스를 훔치게 했는데 그럴 때마다 마공수는 감독의 기대에 부응했다. 어느새 마공수는 팀에 없어서는 안 될 중요한 존재가 되었다.

마공수의 이런 인생 역전이 복귀와 동시에 이루어진 것은 아니었다. 복귀 직후에는 후유증 탓인지 예전처럼 몸이 재지도 않았고 도루는 번번이 실패했다. 충분히 성공할 수 있는 상황에서는 행운마저 따라주지 않았다. 슬럼프가 길어지자 이대로 선수 생활이 끝날지도 모른다는, 그와 함께 삶도 멈출 거라는 생각이 그를 괴롭혔다.

복귀 후 한 달이 지날 즈음, 감독이 마공수를 불렀다.

"오늘 대주자로 나갈지 모르니 준비해."

그동안 부진했던 경기의 악몽이 마공수의 뒤통수를 잡아당겼지만, 어쩌면 그에게 주어지는 마지막 기회일지 몰랐다. 이번만큼은 행운이 자신의 편이 되어 준다면 먹지도 않고, 자지도 않고 밤새워 달리기만 하는 형벌이 주어진대도 좋을 것 같았다. 마공수가 탈의실을 나서는데 한두 발짝 앞에 오만 원짜리 한 장이 떨어져 있었다. 천천히 걸어가 돈을 주웠다. 선수들은 모두 경기장으로 나간 뒤였고 복도에 오가는 사람도 없었다. 누구의 돈인지 알 수 없었다. 나중에 주인을 찾아 돌려주리라 생각하며 주머니에 넣으려는 순간, 마공수가 미간에 힘을 주어 눈을 오므렸다. 할머니였다면? 언젠가 할머니와 함께 길을 걷다 돈을 주웠던 기억을 떠올렸다.

"야야, 횡재니라."

할머니는 땅에 떨어진 천 원짜리를 덥석 집더니 얼굴 가까이 대고는 튀퉤퉤 냅다 침을 뱉었다. 할머니 입에서 튀어나온 침방울이 공기 중에 흩어졌는데 하필 이율곡인지 이황인지 하는 위인 얼굴 위로 튀는 바람에 마공수는 쿡쿡, 하고 웃었다. 할머니는 덩달아 입꼬리를 올려붙이며 말했다.

"요래야 이 돈이 복을 가져오는 기다. 우리 공수 재수가 좋을랑갑다."

할머니가 마공수의 뺨을 살짝 꼬집고는 거스

러미가 일어나 깔깔한 손으로 정성스럽게 지폐를 두 번 접어 마공수의 남방 주머니에 쑥 집어넣었다.

"인자 든든할 기다." 할머니는 그렇게 말했었다.

마공수는 퉤퉤퉤 지폐에 침을 뱉는 시늉을 하고 오만 원을 두 번 접어 운동복 뒷주머니에 넣었다. 두껍게 옹이가 박힌 할머니 손이 닿기라도 한 것처럼 마공수의 엉덩이가 데워지면서 마음이 차분해졌다. 마공수는 할머니에게 인사라도 하듯 뒷주머니를 쓰다듬고 경기장으로 들어섰다.

6회에 대주자로 1루에 나간 마공수가 도루를 감행했다. 시간상으로 아웃되기에 충분한 상황이었지만 2루수가 공을 놓치는 바람에 그의 도루는 세이프가 되었다. 복귀 후 처음으로 성공한 도루였다. 마공수의 심장이 격렬하게 뛰었다. 그는 벌떡 일어나 뒷주머니를 만지작거렸다. "너는 내가 지켜 주꾸마." 숨을 거둘 때 할머니가 했던 말이 다시 떠올랐다. 마공수는 요동치는 가슴을 쓸어내렸다.

그날 이후 그는 17연속 도루에 성공하며 다시 자신의 자리를 찾아가고 있었다. 이제 뒷주머니의 오만 원은 마공수를 지켜 주는 강력하고도 든든한 힘이었다. 그것은 부적 이상의 의미였다.

블루드래곤즈와 페가수스의 경기가 있는 날이었다. 페가수스는 3년째 1위를 지키고 있는 강팀이었고 블루드래곤즈 상대 전적도 압도적으로 우위였다. 하지만 최근 상승세를 타고 있는 블루드래곤즈로서는 한번 붙어 볼 만했다. 이번 경기 승패에 따라 중위권으로 도약할 수 있느냐 없느냐가 달려 있었다. 선수들은 파이팅을 외쳤다.

마공수는 사물함을 열었다. 옷을 갈아입은 후 그 오만 원을 찾아 경건한 의식을 치르듯 바지 주머니에 넣기만 하면 되는 것이었다. 오만 원을 넣어둔 지갑을 꺼내려고 안쪽 깊숙이 손을 넣었다. 아무것도 만져지지 않았다. 옷걸이에 걸린 옷들을 헤집으며 다시 손바닥을 쓸어 보았다. 지갑은 없었다. 오만 원이 지갑 채로 사라진 것이었다. 조여 있던 기타 줄이 툭, 끊어지는 것처럼 마공수의 마음 한구석이 헐렁해졌다. 이어서 서늘하고 날카로운 기운이 가슴 한가운데를 훑고 지나갔다.

이날 블루드래곤즈는 페가수스에 참패를 당했다. 페가수스가 9점을 내는 동안 블루드래곤즈는 3안타 무득점의 수모를 겪어야 했다. 딱 한 번, 블루드래곤즈가 0점을 벗어날 기회는 있었다. 8회 초 원아웃에서 포볼을 얻어낸 마공수가 1루에 나갔다. 감독도 관중도 마공수의 마법 같은 도루 쇼를 기대하고 있었다.

'그래, 오만 원은 우연이었어. 그것 없이도 할 수 있다는 걸 보여 주면 돼.'

마공수는 마음을 다잡고 도루를 시도했다. 결과는 실패였다. 맨눈으로는 구분이 어려울 만큼 접전이었으나 비디오 판독 결과 2루수의 미트가 조금 더 빨랐다는 판정이었다. 우우, 관중석인지 어느 먼 곳으로부터인지 마공수를 질책하는 야유가 그의 귀에 들려왔다. 마공수가 고개를 떨구었다.

그는 남은 경기 내내 집중할 수 없었다. 오만 원 지폐가 머릿속을 온통 휘젓고 다녔다. 사라진 오만 원의 행방을 드러내 놓고 수소문할 수도 없었다. 그는 재빠르게 생각을 고쳐먹었다. 역시 그 오만 원이 행운이었어.

그날 이후 돈이 그를 구제할 부적이라면 만 원짜리든 천 원짜리든 간직하면 될 것이라 생각했다. 경기에 나설 때마다 바지 주머니에 지폐를 넣었다. 하지만 그동안의 화려한 전적과는 다르게 도루 성공률은 점점 떨어졌고 자연스럽게 선발 출전의 기회가 줄어들었다.

마공수가 홀로 탈의실에 앉아 있었다. 부적을 다시 몸에 지닐 수 있다면…. 탈의실 안을 왔다 갔다 걷던 그가 동료들의 사물함 앞에서 멈추었다. 깍지 낀 두 손이 흔들렸다. 마공수는 출입문을 잠갔다. 두 손을 거칠게 비비며 사방을 둘러본 후 앞쪽 사물함부터 열어 보기 시작했다. 문이 열려 있는 사물함은 별로 없었다. 손에 고인 땀 때문에 손잡이가 자꾸 미끄러졌다. 심장이 가슴을 찢고 나오기라도 할 것처럼 뻐근했다. 그러나 몇 개의 사물함을 열어 보는 사이 그런 긴장과 초조함은 점점 무디어졌다. 신기한 것은 사물함을 열기 전에 한껏 기대했다가도 문이 잠겨 있으면 한편 안심이 되기도 했다. 마공수는 자신의 내부에서 소용돌이치고 있는 모순된 감정의 정체를 알 수 없었다. 혼란스러워진 그가 고개를 흔들었다. 집중하자. 내게 필요한 것은 부적이야. 그는 어금니에 힘을 주며 빠르게 걸음을 옮기고 손을 놀렸다.

'손경태'라 쓰인 사물함 앞이었다. 5번 타자 손경태의 거들먹거리는 몸짓과 함께 4할에 육박하는 그의 시즌 타율이 떠올랐다. 마공수의 머릿속은 다시 바빠졌다. 손경태의 돈을 훔쳐 간직한다면 손경태에게 몰아치는 관심과 행운을 자신이 차지할 수 있을까. 손경태의 사물함을 조심스럽게 잡아당겼다. 문은 쉽게 열렸다. 사물함 속 물건을 뒤졌다. 점퍼 주머니에 지폐가 몇 장 들어 있었다. 그는 오만 원짜리 한 장을 꺼내 주머니에 넣었다.

경기장 밖으로 나왔을 때 희부연 가로등 불빛이 마공수 머리 위로 쏟아졌다.

다음 날 마공수가 탈의실로 들어갔을 때 손경태는 후배들 틈에 앉아 있었다. 양쪽으로 쩍 벌린 다리를 요란하게 흔드는 것이나, 게슴츠레 뜨다만 눈을 하고 히죽거리는 모양이 평소와 다름없었다. 돈이 없어진 걸 모르는 눈치였다. 마공수와 눈이 마주치자 씹던 껌을 부풀려 작은 풍선을 만들더니 마공수를 향해 픽, 터트리고는 이내 신인 선수들과 낄낄거렸다. 마공수가 도루에 성공해 팀 승리에 크게 이바지했던 어느 날, 야구 배트를 삐딱하게 어깨에 걸친 손경태가 빈정거리던 것이 생각났다.

"물 들어올 때 부지런히 노 저어라. 어차피 오래 가지도 못할 테고, 니가 언제 이런 대우를 받아 보겠냐."

개자식. 마공수는 손경태의 뒤통수에 대고 헛주먹질을 했다. 내가 언젠가 저놈 코를 콱 눌러 버려야지. 마공수는 천천히 배트를 손질하며 손경태를 곁눈질했다.

그의 부적은 기대 이상의 효험을 보여 주었다. 마공수는 두 타석 연속 도루에 성공하며 팀의 승리를 견인했다. 팀을 위해, 자기 자신을 위해 돈을 훔친 일은 당위성을 갖게 되었고 그의 도둑질은 면죄의 특권을 누린 것 같았다.

'대도'라는 명성에 걸맞은 행보로 승승장구할수록 마공수는 찜찜한 마음을 떨쳐낼 수 없었다. 그것은 남의 돈을 훔침으로써 함께 도둑질한 행운에 대한 죄의식이라기보다는 과연 언제까지 이 자리를 지킬 수 있을까, 하는 의구심이었다. 불안한 마음이 걷잡을 수 없이 몰아치는 날이면 마공수는 사물함을 뒤졌다. 새 부적일수록 마공수에게 안정을 가져다주었다. 그러고 나면 며칠은 야구에만 집중할 수 있었다.

어느 날 샤워를 마치고 돌아서는 마공수의 등 뒤로 동료들의 이야기가 들려왔다.

"또 없어졌다."

"이번엔 너냐? 대체 어떤 새끼야?"

"잡히기만 해 봐. 쌍!"

마공수 머리에 식은땀이 솟았다. 샤워실 밖으로 나온 그의 몸에서 미처 닦아내지 못한 물방울이 뚝뚝 떨어졌다. 갑자기 자신의 숨을 조여오는 사람들 얼굴이 하나씩 떠올랐다. 그중에는 승철이도 있었고 화가 난 아버지 모습도 보였다. 마공수는 꿈에서처럼 자신이 길을 잃었다고 생각했다.

며칠 후 마공수는 2번 타자로 경기에 나갔다. 테이블 세터의 임무가 그에게 주어졌고, 이틀 전

새로 바꾼 뒷주머니 부적에 힘을 받은 그는 포볼을 골라내며 출루했다. 2아웃 이후 손경태가 타석에 들어섰다. 마공수는 손경태와 사인을 맞춰 도루할 생각이었다. 감독의 작전이기도 했다. 손경태는 생각이 달랐다. 마공수와의 협공으로 점수를 내고 싶지 않았다. 마공수에게 도루 성공의 기회를 줄 필요는 없었다. 손경태는 마공수를 외면한 채 빠른 볼이 들어오기를 기다렸다. 2스트라이크가 되도록 손경태에게서 아무런 사인이 없자 마공수는 마음이 급해졌다.

'저 새끼가….'

마공수는 더 기다릴 여유가 없었다. 투수의 견제가 소홀한 틈을 타 단독 도루를 감행했다. 빠른 볼이 포수 정중앙을 향해 날아감과 동시에 마공수가 2루로 뛰었다. 커브볼이 들어갈 거라 짐작했던 마공수는 아찔했지만, 멈출 수는 없었다. 갑작스러운 도루에 손경태의 배트가 나가려다 멈칫했고 포수는 2루를 향해 공을 던졌다. 마공수는 아웃되었다. 경기가 끝난 후 손경태가 빙글거리며 마공수에게 다가왔다.

"대도의 종말인가?"

"입 닥쳐."

"누구 때문에 졌는데… 양심은 어디 가셨나?"

"사인을 안 보낸 건 너야."

"워워, 찐 스타는 핑계가 없는 법. 애는 썼다. 마공수!"

손경태가 집게손가락을 들어 마공수 얼굴에 대고 까딱까딱 흔들더니 뒤돌아 걸어갔다. 마공수는 부아가 치밀었다. 손경태의 멱살을 잡아 바닥에 처박고 싶은 심정이었다. 연속 18도루 성공이 바로 눈앞이었는데….

그날 밤 늦은 시각, 마공수가 탈의실로 들어갔다. 잦은 도난 사건이 이어지자 선수들은 사물함을 단속하기 시작했다. 비밀번호로 묶여 있는 사물함이 늘어갈수록 마공수의 도둑질 주기가 길어졌고, 그는 초조했다. 마공수의 발소리가 컴컴한 탈의실 안에 낮게 울렸다. 야구방망이를 움켜잡은 손이 부들부들 떨렸다. 오늘 끝장을 보자. 그는 손경태의 사물함으로 다가가 방망이를 휘둘렀다. 쾅! 쾅! 쾅! 날카롭고 무거운 쇳소리가 탈의실 안에 울려 퍼졌다.

마공수의 숨소리가 거칠어지고 부릅뜬 눈에 실지렁이 같은 핏발이 번졌다. 어느 순간 사물함 문이 뜯겨 나갔다. 마공수는 사물함 속 물건을 마구잡이로 끄집어냈다. 흩어진 옷가지, 여자 친구와 찍은 사진, 구겨진 메모장 따위가 사물함 밖으로 쓸려 나왔다. 칫솔, 치약 등이 널브러진 가운데 '손경태'의 이름이 새겨진 운동복 상의가 눈에 띄었다. 마공수는 그것을 바닥에 팽개치고 발로 짓이겼다. 그의 발밑에서 손경태의 이름이 구겨졌다 일그러졌다 펴지곤 했다.

"꺼져 버려, 이 새끼야!"

마공수가 악을 썼다. 그때 탈의실 문이 열리며 불빛이 확 달려들었다.

"공수야!"

승철이가 뛰어와 방망이를 빼앗고 마공수를 벽으로 밀쳤다. 바닥에 나동그라진 마공수가 멍하니 승철이를 바라보았다. 숨을 고른 승철이가 손경태의 물건을 주섬주섬 걷어 사물함으로 밀어 넣었다. 부서진 문을 제자리에 끼워보려 애를 쓰다가 포기하고 마공수를 바라보았다.

"나가자."

마공수를 끌다시피 해 둘은 자주 가던 술집에 마주 앉았다. 형광등 불빛이 유난히 희미한 구석진 자리였다. 마공수는 직각으로 마주한 벽에서 내뿜는 퀴퀴한 냄새가 거슬렸다. 난잡하게 끄적여 놓은 낙서를 보면서 전에도 이런 게 있었나, 생각했다. 승철이는 안주가 놓이기도 전에 소주를 따랐다. 한 잔 또 한 잔, 소주를 따르고 마시면서 시간을 흘려보냈다. 얼마 후 승철이가 말문을 열었다.

"공수야, 내 빨간 팬티 하나 주랴? 내가 도루 저지율 오십 퍼센트에 가까울 때 입었던 건데 좀 낡긴 했다만, 효험은 있다."

"미친놈."

"남의 돈에 자꾸 손대지 말라고."

"뭐?"

마공수가 눈을 치켜떴다. 승철이의 부드러운 목소리를 듣자 목이 말랐다. 그는 연거푸 소주잔을 비웠다. 승철이가 말없이 마공수의 잔에 술을 따랐다.

"너도 봤잖아. 그 개새끼가 나 엿 먹이는 거."

"그 얘기가 아니잖아."

"…."

마공수가 술잔을 움켜쥐었다.

"훔쳐야만 살 것 같다. 돈도 훔치고 베이스도 훔치고… 그래야 숨을 쉴 수 있다고."

"할 만큼 했어."

"요즘 매일 밤 꿈을 꾼다. 씨발, 아버지 앞에서 쫄지 않으려고 내가 얼마나 발버둥 치는지 너는 상상도 못 할 거다."

"공수야, 너 정도면 대단한 거야. 리그 단독 1위는 아무나 하냐? 연속 17도루가 뭐 애들 장난도 아니고, 너는 그걸 10년이나 하고 있잖아."

"그다음은?"

"다음엔 뭐, 멋지게 은퇴하는 거지."

"싫다…. 난 잊히는 게 무섭다."

"잊히는 게 낫지, 쪽팔리게 살진 말자."

"내가 쪽팔리냐?"

"그런 생각한 적 없다."

"난 내가 존나 쪽팔린다. 새꺄."

마공수는 끅끅, 울음인지 웃음인지 모를 신음

을 내며 탁자 위에 이마를 내려놓았다.

요의를 느끼고 눈을 떴을 때 방 안이 어두워 마공수는 시간을 분간할 수 없었다. 휴대전화를 보고서야 이미 밤을 지나 또 다른 하루가 시작되고 있다는 것을 알았다. 화장실로 들어간 마공수가 소변을 보고 돌아서는데 무엇인가 그의 눈길을 잡았다. 거울 속 마공수였다. 체구는 작지만 검은 눈동자가 빛나던, 열정으로 가득했던 어린 마공수는 아니었다. 누런 흰자위와 맥없이 풀어져 흔들리는 눈빛, 거무튀튀한 낯빛 깊숙이 그늘이 드리워져 있을 뿐이었다. 마공수는 거울 속 마공수를 오래도록 바라보았다. 그의 눈에서 눈물이 흘렀다. 마공수는 할머니가 그랬던 것처럼 두 손을 비벼 얼굴에 가져다 댔다. "아무 걱정 말거라. 너는 내가 지켜주꾸마." 할머니가 속삭였다. 손바닥의 따뜻한 기운이 뱃속 깊은 곳으로 전해졌다. 눈물이 손가락을 타고 흘러내렸다.

주차장에 들어섰을 때 빗방울이 하나둘 떨어지기 시작했다. 늦은 오후 공원묘지는 적막했다. 산으로 이어진 가장자리 쪽으로 먼지를 뒤집어쓴

차 한 대가 주차되어 있었다. 오지 않는 주인을 기다리는 것 같았다. 축축한 바람이 넓은 주차장을 지나 마공수에게 불어왔다. 그는 입구에 자리한 가게에서 소주 한 병과 담배 한 갑을 샀다. 산 중턱에 있는 아버지 산소를 향해 걸으며 마공수는 아버지의 가늘고 찢어진 눈을 떠올렸다. 아버지의 눈을 똑바로 본 것은 초등학교 6학년 때가 처음이었다.

　　마공수가 운동회를 마치고 은행나무 열매가 떨어진 길을 걸어 집으로 왔다. 달리기에서 1등을 했어도 기뻐해 줄 사람이 없다는 사실이 우울했지만, 은행 열매를 밟지 않으려고 깡충거리다 보니 기분이 조금 나아졌다. 옆구리에 상장을 끼고 대문을 들어서는데 누군가 뒷덜미를 낚아챘다. 아버지였다.
　"귀신이라도 본 얼굴이구나."
　"…"
　씰룩거리는 아버지의 입술이 뱀 꼬리 같다고 마공수는 생각했다.
　"저… 달리기 1등 했어요."

아버지는 그제야 마공수를 잡은 손을 놓았다. 마공수가 둘둘 말린 상장을 아버지 코앞으로 들이밀었다. 가장자리에 금테를 두른 하얀 종이가 둘 사이의 눅눅하고 어색한 공기를 갈라놓았다. 상장을 받아 든 아버지는 아무런 표정이 없었다. 마공수는 마른 목 안으로 연신 침을 삼켰다. 할머니가 돌아가셨을 때 보았으니 2년 만에 만나는 것이었다. "나 죽고 나면 누가 내 새끼를 거둘거나. 쯧쯧." 마공수의 손을 그러쥐며 할머니가 흘리던 눈물을 그는 기억해 냈다. '할머니, 걱정 마.' 마공수는 스스로를 다독였다. 그에게는 아버지가 있었다. 데리러 온 것이겠지. 오늘 상장까지 받았으니 아버지는 떠나지 않을 거야.

"뜀박질 좀 하나 보네."

"저는 달렸다 하면 1등이에요."

"남자라면 당연하지. 강해야 해."

"저는 아주 강해요."

마공수가 목소리에 힘을 주려고 했지만 생각만큼 말소리가 크게 나오지 않았다. 아버지가 마공수를 바라보았다. 아버지 눈에 빨간 핏발이 거미줄처럼 엉겨 있었다. 날카롭게 번쩍이는 눈빛에 마공수는 몸이 얼어붙는 것 같았다. 똑바로 보지 못하고 고개를 떨구었다. 그 순간 아버지가 마공수의 양어깨를 거칠게 움켜쥐었다. 가는 어깨가 아버지의 손아귀에서 힘없이 떨렸다.

"아버지 눈을 보란 말이야. 그렇게 약해빠진 눈으로는 상대를 이길 수 없어."

"아버지, 저, 저는 잘 달려요."

"그건 중요하지 않아. 절대 빼앗기지 말아야지. 내 것을 넘겨주면 안 되는 거야."

마공수는 고개를 들 수 없었다. 마공수가 열세 살이 되도록 아버지를 본 것은 기껏해야 열 번을 넘지 않았다. 아버지는 서너 계절에 한 번씩 손님처럼 집에 왔는데 그때마다 마공수는 할머니 등 뒤에서 그를 훔쳐보았다. 낡은 국방 점퍼에 헐렁한 바지를 걸친 모습이었는데 유난히 번쩍이는 두 눈이 아니었다면 사람이라기보다는 나무에 옷을 걸쳐 놓은 듯한 모양새였다. 아버지는 조악한 플라스틱 장난감 총이나 칼 따위를 선물로 내밀었지만 그뿐이었다. 웃는 법이 없었고 말은 더욱 없어서 마공수는 아버지가 어렵고 무섭기만 했다. 그래도 마공수는 아버지를 따라가고 싶었다. 아버지처럼 심장을 후벼 파는 듯한 차가운 눈빛을 가진다면 자기를 돌아봐 줄 것 같았다. 달리기 1등 상장을 차곡차곡 모아 두고 아버지를 기다렸다. 하지만 아침에 일어나면 아버지 자리는 늘 비어 있었다. 올 때처럼 갈 때도 아무런 기척이 없었고 언제 다시 온다는 기약도 없었다. 할머니는 그런 마공수의 마음을 용케도 알아차렸다.

"싸질러 놓고 내뺀 년이나, 핏덩이를 나 몰라라 싸돌아다니는 놈이나 독한 것들이여. 잊어뿌리고 할미랑 살자. 내 새끼."

할머니 손이 마공수의 뺨을 훑어내렸다. 마른 잎처럼 푸석했다.

남자라면 강해야 해. 마공수는 그 말을 가슴에 새기며 자랐다. 그에게 강하다는 것은 빼앗기지 않는다는 의미였으며 힘을 갖기 위해서는 기꺼이 뺏을 줄도 알아야 한다는 뜻이었다. 놀이할 때도 달리기를 할 때도 그는 온갖 수단을 써서라도 이기고야 말았다. 그러고 나면 아버지의 눈이 떠올랐다. 할머니가 돌아가시자 마공수는 홀로 집을 지켰다. 겨울 바람이 짐승처럼 울부짖으며 대문을 할퀼 때면 이불을 뒤집어쓰고 견뎠다. 자신을 낳고 가 버린 엄마는 어떤 사람일까. 그런 엄마를 찾아 여기저기 떠도는 아버지는 엄마를 사랑해서였을까. 아버지가 원하는 강한 모습은 무엇일까. 어린 마공수로서는 아무리 애를 써도 답을 찾을 수 없는 물음만 곱씹었다.

구름이 낮게 내려와 있었고 그 사이로 바람이 불었다. 무질서하게 자리 잡은 묘지 사이를 걸어 아버지 무덤 앞에 섰다. 무릎까지 자란 잡풀이 바람에 흔들리며 물결을 만들었다.

승철이 엄마로부터 아버지의 사망 소식을 듣던 날은 하늘이 높았고 가을 햇살이 부드럽게 넘실거리던 어느 일요일이었다. 병원에서 행려병자로 처리해 화장까지 마친 상태여서 마공수가 마지막으로 본 아버지는 뼈도 살도 형체도 없는 그저 흰 가루일 뿐이었다. 그의 기억 속 아버지라고는 믿을 수 없는 모습에 마공수는 당황스러웠다. 아버지의 죽음은 거짓말 같았고, 그래서 슬프지 않았다. 아버지는 어딘가에 살아 있어 어느 날 바람처럼 불쑥 나타날 거라고 생각하며 살았다.

마공수는 무덤 위에 삐죽삐죽 올라온 풀을 천천히 뽑아냈다. 강해야만 살아남을 수 있다던 아버지는 이렇게 땅속에 묻혀 아무런 힘이 없다. 상대를 찍어 누를 듯 번쩍거리던 눈빛도, 나무처럼 단단하던 몸도 이제는 흙이 되고 바람이 되어 흩어지고 없다. 마공수는 발버둥 치며 살아온 자신의 시간을 떠올렸다. 뒤처지지 않으려 달렸고, 약해지면 잊힐까 전전긍긍한 세월이었다. 가슴을 졸이며 도루에 성공하고 나면 불안했던 마음이 가라앉았고 비로소 살아 있는 느낌이 들었다. 그리고 지금, 자신은 살아남아서 죽은 아버지 앞에 서 있는 것이었다. 헛웃음이 났다.

무엇을 위해 달려왔을까. 아주 오래전 그저 야구가 좋아 뛰어다녔던, 지금은 기억조차 희미해져 버린 지난 세월이 마공수 눈앞에 물처럼 흘러갔다. 바람이 불어와 구름이 멀리 밀려나고 있었다.

마공수는 전화기를 꺼내 손경태에게 메시지를 보냈다.

'내일 경기 전에 잠깐 보자. 할 말이 있으니 빼지 마라.'

그러고는 담배 한 개비를 꺼내 불을 붙였다. 담배를 빨아들이느라 그의 양 볼이 움푹 꺼졌다. 마공수는 불붙인 담배를 종이컵에 걸쳐 놓고 다른 컵에 소주를 따랐다. 두 번 절을 한 후 소주를 입에 털어 넣었다. 소주에서 물맛이 났다. 담배는 계속 타들어 가지 못하고 흐물흐물 불빛을 잃고 있었다. 주머니에서 오만 원짜리를 꺼냈다. 두 번 접혀 있던 지폐를 반듯하게 펴고는 담뱃불에 갖다 댔다. 희미하게 꺼져가던 담뱃불이 서서히 지폐에 옮겨붙었다. 타들어 가는 지폐 가장자리를 잡고 허공에 들어 올렸다. 불이 번지며 오만 원이 조금씩 사라져갔다. 그 자리에 푸른 하늘이 드러났다. 그곳에 할머니의 투박한 손이, 야구장 관중의 함성이, 그리고 아버지의 날카로운 눈이 나타났다 멀어져 갔다. 마공수는 잿빛 먼지가 되어 흩어지는 오만 원 지폐를 오래도록 바라보았다. 담뱃불을 짓이겨 끄고 아버지 묘에 대고 인사했다.

"잘 계십쇼. 다시는 안 올랍니다."

산을 내려가는 마공수 머리 위로 투두둑 빗방울이 떨어졌다.

## 춘하추동
밥집

휴대전화 알람이 요란하게 울었다. 손을 뻗어 알람을 끄고 다시 눈을 감았다. 암막 커튼은 완벽하게 빛을 차단했다. 한낮에도 방 안에 앉아 있으면 주변 사물과 함께 어둠 속으로 녹아 없어지는 기분이 들며 편안해졌다. 빛의 농도로 시간을 짐작하는 일은 어려웠다. 휴대전화의 시계를 보며 잠이 들고 잠에서 깼다. 6시 30분, 휴대전화가 짧게 진동했다. 메시지창을 열었다.

'은경아, 생일 축하한다. 행복하길.'

발신자 이름은 없었지만 알 수 있었다. 근수 형, 생일 축하 문자를 보낼 사람은 그밖에 없었다. 기지개를 켜고 일어나 앉아 손톱을 들여다봤다. 가운뎃손가락에 손톱 거스러미가 눈에 들어왔다. 물어뜯으려니 너무 작아 입에 물리지 않았다. 몇 차례 애를 쓰다 그만두고 메시지를 다시 읽었다. 매년 나보다 먼저 내 생일을 기억해 내는 근수 형보다 다시 일 년이 지났다는 사실이 더 비현실적으로 여겨졌다. 갑자기 배가 고팠다.

누렇게 마른 밥이 보온밥통 바닥에 들러붙어 있었다. 어제 아침에 한술 뜨고는 처음이니 만 하루 만에 밥통을 연 셈이었다. 안쪽에 말라붙은 밥풀까지 긁어 그릇에 담고 뜨거운 물을 부었다. 거실 창밖으로 참새 한 마리가 빠르게 낙하하고 있었다. 사라진 참새가 땅에 곤두박질친 것은 아닌가, 하는 걱정이 잠시 스쳤다. 참새가 지나간 허공에는 아무런 흔적도 남아 있지 않았다. 자국을 남기지 않고 살아가는 법이 있을까 문득 궁금했지만 당장은 무엇이든 먹어야겠다고 생각했다.

단단하게 굳은 밥알들이 풀어질 기미가 보이지 않았다. 숟가락으로 꾹꾹 눌러 밥을 뭉개고 밥물을 한 모금 마셨다. 냉장고에서 김치를 꺼냈다. 지난주 마트에서 눈길을 잡았던 봄동으로 담근 겉절이였다. 꽃처럼 활짝 이파리를 벌린 봄동을 그냥 지나치지 못하고 사 들고 나왔던 것이다. 애초에 김치를 담글 생각이 없었기에 봄동이 든 검은 봉지를 식탁 위에 두고도 이틀을 그냥 보냈다. 겉잎이 누렇게 뜬 것을 보고서야 진간장으로 맛을 내고 참기름으로 마무리해 겉절이를 겨우 만들었다. 몇 번씩 간을 봤지만 이 맛도 저 맛도 느낄 수 없었던 그 김치였다.

엄마의 겉절이는 화려했다. 발간 햇고춧가루와 갓 짜낸 참기름으로 버무린 김치는 미끈한 윤기가 났다. 엄마는 잔잔한 꽃무늬가 그려진 접시에 겉절이를 담고 통깨를 뿌려 내놓았다. 통깨를 부수어 김치 위에 뿌리기도 했는데 그럴 때면 하얗고 통통한 엄지와 검지를 들어 살살 비벼가며 통깨를 으깼다. 빨간 매니큐어를 칠한 손톱 밑에서 흩어지던 깻가루에서는 고소한 냄새와 매니큐어의 시큼하고도 화한 향기가 났다. 새콤달콤한 엄마의 겉절이는 보기에도 그만이었지만 손님들 입맛을 단박에 사로잡았다. 한 접시에 겨우 한 줌의 겉절이는 감질났다. 춘하추동을 드나들던 남자들이 엄마의 겉절이를 들먹이는 모습은 찬양 수준이었다. 그것은 겉절이보다 화려하고 눈길을 끄는 엄마의 외모를 흠모한다는 완곡한 표현이었다. 김장 김치가 오래 묵힐수록 깊은 맛을 낸다면 겉절이의 생명은 신선함이었다. 동네 아줌마들이 우직하게 곰삭은 맛을 낼 때, 가볍고 산뜻한 맛으로 승부를 낸 사람이 엄마였다.

밥알이 입안에서 서걱거렸다. 물에 만 밥을 마시듯 목으로 밀어 넣고 겉절이 국물을 한 숟가락 떠먹었다. 엄마의 겉절이를 흉내 낸 가짜 김치맛이었다. 설거짓거리를 개수대에 넣고 화장실로 들어갔다. 이를 닦으며 거울에 비친 모습을 찬찬히 훑어보았다. 사십 줄에 들어서며 하나둘 보이던 기미가 이제는 얼굴 여기저기에 영역을 넓히고 있었다. 움푹 들어간 뺨에까지 다크서클이 자리를 잡은 탓에 얼굴이 칙칙했다. 찬물을 틀어 얼굴을 세게 문지른

다음 엉클어진 머리를 매만졌다.

　　엄마가 입원해 있는 사랑요양원은 걸어서 10분 거리였다. 매일 오가는 곳이었지만 오늘따라 요양원으로 가는 길이 낯설었다. 갑자기 풀린 날씨를 눈치채지 못하고 롱패딩을 걸쳐 입은 내 꼴이라니. 햇살은 무심하게 환했다. 아파트 상가를 지날 때 반짝반짝네일숍을 기웃거렸다. 금색으로 물들인 머리를 포니테일로 묶어 바짝 당겨 올린 주인 아가씨가 청소를 하고 있었다. 유리를 닦을 때마다 그녀의 금발도 따라서 좌우로 흔들렸다. 햇빛을 받아 반짝이는 아가씨의 머릿단에 눈이 부셨다. 이 앞을 지나갈 때마다 습관처럼 네일숍 앞에서 머뭇거렸다. 가게 이름처럼 반짝이는 온갖 색의 매니큐어가 진열된 곳에서 그보다 더 반짝이는 웃음을 한 아가씨를 처음 보았을 때, 하마터면 네일숍 안으로 들어갈 뻔했다. 처음엔 걸으면서 곁눈으로만 힐끗거리다가 아가씨와 눈인사를 건네는 사이가 되자 편안하게 가게 안을 들여다보게 되었다. 네일숍 아가씨의 손톱은 영롱한 색색의 매니큐어로 칠해져 있었는데 손을 움직일 때마다 꽃을 흔드는 것처럼 보였다. 아가씨의 손톱이 화려해질수록 내 손은 주머니 깊숙한 곳으로 숨어들었다. 주머니 속 손을 비벼 손톱이랄 것도 없는 그것을 만져보았다. 이제는 살의 일부분처럼 되어 버린 짧은 손톱은 거칠고 약했다. 네일숍 아가씨가 문밖으로 나와 인사하기 전에 서둘러 자리를 떴다.

    화사한 거리와는 달리 요양원은 서늘했다. 사랑요양원에 사랑이 있을까. "사랑처럼 아득하고 어려운 말은 세상에 없을 거야." 침울한 얼굴로 주절대던 근수 형의 얼굴이 떠올랐다. 좀처럼 익숙해지지 않는 소독약품 냄새를 떨쳐내려고 머리를 흔들었다. 엘리베이터 대신 계단을 올라 302호 앞에 섰다. 숨을 고르고 문을 열었다. 초점 없는 눈들이 동시에 나를 향했다. 무위하던 일상에 뛰어든 작은 먹잇감을 그들이 놓칠 리가 없다. 그들은 도난 방지용 적외선 감지기처럼 샅샅이 나를 훑어낸다. 내가 엄마의 침대 시트를 몇 차례나 만지작거리는지, 엄마에게 간식을 줄 때 곁에 앉아 말을 거는지 아니면 창밖만 바라보는지, 엄마의 기저귀를 갈며 인상을 쓰는지 아닌지, 그들은 모두 알고 있다. 단절된 공간에 갇힌 노인들에게 나는 한 번씩 배달되는 자식의 편지 같은 것일까. 그들은 흐릿한 눈동자를 모아 바깥세상이 어떤지 묻고 있다. 집요하고 끈적한 눈길에 처음엔 물 마시는 것조차 부담스러웠지만 점차 덤덤해졌고 이제는 그 모든 것을 기꺼이 감내하고 있다. 적당히 무시하고 적당히 수긍하면서 견디는 중이다. 인사를 하는 둥 마는 둥 고개를 숙이고 창가 엄마의 침대로 갔다. 침대 2개면 적당할 크기에 4개의 침대가 들어 있는 병실은 답답했다. 침상끼리 머리를 맞대고 있어 환자는 물론이고 어쩌다 들르는 보호자의 사생활도 보호받지 못하는 그런 곳에 나의 엄마, 강심덕 여사가 있다.

  엄마는 잠들어 있었다. 이불 밖으로 엄마의 오른손이 비죽이 나와 있었다. 흰 살결과는 어울리지 않게 쭈글쭈글했다. 한때는 빨간 매니큐어로 반짝이며 고단한 삶을 헤쳐 나갔던 그녀의 손도 세월을 넘어설 수는 없었다. 강렬한 색으로 모양을 낸 긴 손톱 때문에 남자가 꼬이는 거라 생각했던 내가 진저리 치던 그 손. 손톱을 치장하고 공을 들임으로써 자신이 여성임을 드러내고 싶어 했던 엄마였다. 손톱깎이를 꺼내 엄마의 손톱을 깎았다. 자를 것 없는 손톱 밑으로 손톱깎이를 최대한 밀착시켜 가며 꼼꼼하게 다듬었다. 엄마가 가끔 손을 움찔거렸다. 팔십 중반이라고는 믿기지 않게 맑은 피부를 가진 엄마, 오른쪽 광대 밑에 새끼손톱만 한 검버섯을 제외하면 얼굴빛은 여전히 깨끗했다. 검은 눈동자가 크고, 깊은 눈빛에 적당히 도톰한 입술은 젊은 시절 그녀의 자존심이었다. 예순여덟에 경증 치매 진단을 받았는데 엄마는 좌절하거나 슬퍼하지 않았다. 의연하게 받아들였고 준비라도 한 듯 요양원으로 가겠다고 말했다.

"시집도 안 간 처녀한테 얹혀사느니 요양원이 낫지, 암만."
"씩씩한 척 좀 그만해."
"니 잔소리 때문이야."
"잔소리로 치자면 엄마가 한 수 위지."

엄마는 처음부터 요양원 생활에 적응을 잘하더니 어느새 그 세월이 15년이 되었다. 강심덕 여사는 그런 사람이었다. 생긴 것과는 달리 호방하고, 배포가 크고, 세상 무서울 것 없는 두둑한 배짱을 가졌으며, 자주 웃었다. 여자의 몸에 남자 사주를 타고나 삶이 고달플 거라 했던 어느 무당의 예언처럼 엄마의 삶은 맵고 시렸다. 백일을 갓 넘긴 나와 젊은 엄마를 두고 아버지가 눈을 감을 때, "미안하네."라고 했다는 말을 엄마는 입에 달고 살았다.

"미안하단 말이나 말지."

그나마 있던 재산을 아버지 밑으로 소진한 엄마는 경제활동을 시작했다. 나를 등에 업고 행상을 시작으로 도둑질 빼고 —정말 필요했다면 도둑질까지도 불사했을지 모른다.— 안 해 본 장사가 없었다. 아버지 그늘에 살림만 하던 엄마의 내면 어디에 그런 힘이 있었는지 돈이 되는 일이라면 거침이 없었다. 갖은 고생 끝에 맨 처음 그녀의 명의로 된 가게를 얻었을 때 엄마는 가게에 딸린 작은 살림방에서 이틀을 울었다. 요양원에 들어오기 바로 전까지 그녀의 터전이었던 가게 이름은 춘하추동이었다. 동네 입구에 자리한 밥집, 춘하추동의 주메뉴는 세월이 가면서 바뀌었는데 국밥을 파는 곳이었다가 해

장국으로, 감자탕으로 변해 갔다. 주메뉴보다 가게 매출에 더 효자 노릇을 한 건 막걸리나 소주 같은 주류였다. 그도 그럴 것이 엄마의 음식은 형편없었다. 춘하추동을 그래서 '식당'이라고 엄마 스스로도 말하지 않았다. 겉절이만큼은 달랐다. 파릇파릇 화려한 색채에 새콤달콤 강렬한 첫맛의 강심덕 표 겉절이는 깊은 맛을 내는 해장국 같은 주메뉴를 밀어내고 춘하추동의 대표 음식이 되었다. 게다가 배우 윤정희를 닮았다는 수려한 이목구비의 미모가 더해져 춘하추동은 번성했고 이래저래 주변의 사랑과 시샘을 동시에 받았다.

"언제 왔니?"
"방금."
엄마는 양손을 펼쳐 손톱을 들여다보더니 한숨을 쉬었다.
"또?"
"손톱이 짧아야 깨끗하지."
"난 됐고, 너는 여자 손톱이 그게 뭐냔 말이다."
"여자 손톱 남자 손톱, 다를 게 뭐람."

"여자는 여자다워야지. 어째 너는 그리 나를 안 닮았누?"

"햇살 좋은데 산책이나 가자."

엄마를 휠체어에 태우고 병실 밖으로 나왔다. 산책이라고 해 봐야 요양원 옥상에 조잡하게 만든 미니 정원을 두어 바퀴 도는 것이 다였다. 점심 식사 전이라 그런지 정원에는 사람이 없었다. 멀리 산자락에는 막 돋아나기 시작한 연둣빛 나뭇잎과 산철쭉, 진달래, 흰 벚꽃이 뒤엉켜 아무렇게나 흩어져 있었다. 반짝반짝 네일숍 쇼윈도처럼 찬란했.

"느이 아버지를 만나면 무슨 말을 해야 하나."

"말은 무슨, 알아보기나 하겠어?"

"이 인간, 만나면 가만두나 봐라."

"아버지 보고 싶구나."

"쓸데없는 소리."

"그럼, 대원 아저씨는?"

"…우리 가게는 어떻다던?"

엄마는 잠시 뜸을 들이더니 힘없이 물었다. 가게가 궁금하단 말은 대원 아저씨가 보고 싶다는 말처럼 들렸다. 엄마에게 가게는 곧 대원 아저씨를 의미하는 것이었다. 엄마 자존심에 가게에 가보고 싶다거나 아저씨가 보고 싶다는 말을 에둘러 하는 것이다. 하지만 엄마는 정신이 나갈 때면 치장을 하고 가게에 가자고 조른다는 것을 본인은 알고 있을까.

"이제 남의 가게야."

나는 냉정하게 대답했다.

"오늘 내 생일인 거 알아?"

"…미역국은 꼭 먹어라."

"아침에 먹었지. 봄동 겉절이 했는데 맛이 없네."

"세상 쉬운 걸 왜 못 해."

엄마는 건성으로 대답하고는 햇빛을 향해 얼굴을 돌렸다. 내 생일이면 맛깔나는 겉절이에 있는 솜씨 없는 솜씨를 부려 한 상 가득 차려 주던 그때는 잊은 것 같았다.

엄마는 눈을 감은 채 말이 없었다. 엷게 미소 지은 얼굴이 쓸쓸했다. 그녀는 가끔 아픈 몸을 사랑요양원에 두고 마음만 빠져나와 자신만의 세계로 미끄러져 들어갔다. 아버지일까, 대원 아저씨일까. 지금 엄마를 깊은 상념 속으로 이끌어 먼 기억을 끌어내는 사람은 누구일까. 그녀가 간신히 버틸 수 있게 붙잡는 사람은 누구란 말인가.

　집으로 돌아와 어제부터 쌓인 설거지를 했다. 근수 형의 문자가 계속 신경 쓰였지만 서둘지 않았다. 행주를 삶아 베란다에 널고 커피믹스를 타서 식탁에 앉았다. 두 잔째 커피가 바닥을 보일 때쯤에서야 휴대전화 메시지창을 다시 열었다. '생일 축하한다.' 단정하고 간결한 근수 형의 말투가 그대로 드러났다. 나는 망설이다가 짧게 답장했다.
　'고마워요. 잘 지내요.'
　보내고 나니 마지막 말이 마음에 걸렸다. '잘 지내요.'라고 마침표로 끝낸 것은 내가 별일 없이 잘 지낸다는 것인지, 근수 형에게 무탈하라는 당부의 말을 한 것인지 애매했기 때문이었다. 그렇다고 이러니저러니 변명의 문자를 다시 보낼 수는 없었다. 이십 년이 넘도록 매년 생일이면 근수 형에게서 축하 문자가 왔는데 고맙다는 답글을 보내면 그것으로 끝이었다. 더 이상 오는 문자가 없었고 나도 보내지 않았다. 그러자고 정한 것도 아닌데 그렇게 되어 버렸다. 마음이 공연히 불편해졌다. 손을 허공에 펴보았다. 손가락 끝마다 뭉툭한 것이 영 흉측했다. 오랜 세월 손톱 없이 살아왔지만, 손을 볼 때마다 부끄럽고 슬펐다. 중학교 이후 주머니 속에 갇혀 있던 손을 꺼내 준 사람이 근수 형이었다. 내 손톱을 안쓰럽게 바라보던 유일한 사람. 함께했던 짧은 6개월 동안 내 손을 놓지 않았던 그였다.

근수 형을 처음 만난 건 대학에 입학하던 해였다. 가정학과를 나와 조신하게 선생이나 하면서 살라던 엄마에게 반항이라도 하듯 나는 공대를 선택했다. 건축학과에는 여자라고는 달랑 셋이었는데 나를 제외한 둘은 단짝이 되어 붙어 다니는 바람에 나는 자연스럽게 혼자였다. 여자 동기들은 새싹처럼 싱그러웠다. 화장에 능했으며 차림새가 거침없었다. 짧은 머리에 갈색 점퍼, 해진 청바지를 입고 다니던 내가 그들과 어울릴 수 없는 것은 당연한 일이었다. 여자가 드문 공대에서 건축과 세 명의 여학생은 남자들에게 하느님이었다. 동기 두 명이 연예인과 같은 추앙을 받았다면 나는 여자답지 못한 옷

차림과 퉁명스러운 말본새로 남학생들의 외면을 받았다. 다행히 그다지 불편하지는 않았다. 터질 듯 넘쳐나는 젊음이 나와는 상관없는 일이었다.

    2학년 가을에 과 MT를 갔다. 평소에 특별히 친하게 지내는 동기나 선후배는 없었지만, 딱히 불참해야 할 변명거리도 없었던 나는 어영부영 따라나섰다. 낮 일정이 끝나고 저녁이 되자 민박집 넓은 마당에 둘러앉아 술을 마셨다. 기타 반주에 맞추어 노래를 부르다가, 벌떡 일어나 춤을 추다가, 최루탄 파편에 맞아 시력을 잃은 동기를 떠올리며 울분하다가 눈물을 찔끔거리는 동안 밤이 깊어 갔다. 그때 그들은 솔직했고 당당했으며 아름다웠다. 나는 조용히 앉아 그들이 발산하는 에너지에 빠져들었다. 멀리서 귀뚜라미의 처량하면서도 맑은 울음소리가 들려오자, 누군가 한 사람씩 돌아가면서 하고 싶은 이야기를 터놓자고 제안했다. "촌스럽다, 촌스러워!" 말들은 그렇게 했지만 이내 모닥불을 가운데 두고 모여 앉았다. 상기된 얼굴들이 술기운을 빌려 비밀을 발설하기도 했고 더러는 미래를 다짐하는 축도 있었다. 한 번씩 바람이 불어와 모닥불 불꽃에 닿을 때면 불길이 힘껏 솟구치며 공중으로 흩어지고는 했다. 타다닥 경쾌한 소리와 함께 반딧불이처럼 깜빡이다 사라지는 불똥을 낚아채기라도 할 듯 우리는 밤하늘을 향해 함성을 질렀다.

근수 형은 군 제대 후 4학년에 재학 중이었다. 그는 건축과를 대표하는 엘리트였으며 후배들에게는 전설 같은 존재였다. 지방 시골 출신으로 건축과 유례없이 우수한 성적으로 입학한 후 유머를 갖춘 특유의 카리스마로 과 전체를 휘어잡던 선배였다. 그에게 콤플렉스였을지도 모르는 외모가 유일한 단점이었는데 정작 자신은 개의치 않는 듯 보였다. 공식적인 그의 키는 170센티미터였지만, 그보다는 작아 보였고 두꺼비처럼 불룩 튀어나온 눈꺼풀은 날카로우면서도 어딘지 모르게 지적이었다. 가무잡잡한 피부나 사투리 억양마저 그를 돋보이게 했다. 입술은 두툼했고 얼굴에 비해 입이 컸다. 나는 가끔 그의 달변이 저 큰 입 때문은 아닐까, 생각했다. 그의 주변은 늘 사람들로 넘쳤으며 그 무리에서는 밝고 긍정적인 에너지가 흘렀다. 무엇보다 그는 사람을 좋아했으며 친절했고 정의를 지향하는 사람이었다. 약자에게 너그럽고 강자에겐 당당해서 억울한 일을 당한 후배나 동료를 그냥 지나치는 법이 없었다. 그는 항상 빛나는 사람이었다.

근수 형의 차례가 되었을 때 우리는 집중했다.

"음, 이제부터 중대 발표를 하겠다."

캠프파이어의 흥분을 일순간 잠재울 만큼 낮고 힘 있는 목소리였다.

"내가 일 년 동안 눈여겨봐 온 사람이 있다. 그 사람이 지금 이 자리에 있는데, 나는 오늘 공개 고백을 하려 한다."

그는 갓 제대한 사람처럼 반듯하게 각을 잡아 말했다. 모두가 술렁이고 있을 때 근수 형이 내게로 걸어왔다.

"최은경!"

깊은 정적이 잠깐 이어지고, 여기저기서 놀람과 야유의 함성이 터져 나왔다. "말도 안 돼"라고 대놓고 소리치는 애들도 있었다. 근수 형은 여유 있게 미소를 띠며 내게 손을 내밀었다. 나는 놀랄 새도 없이 얼결에 그 손을 잡아 버렸다. 이십 년도 더 지났지만, 나는 알 수 없었다. 그때 나를 일으켜 근수 형 앞에 서게 했던 것은 무엇이었는지, 그것은 정말 알 수 없는 힘이었다.

그날 이후 어울리지 않는 근수 형과 나의 조합은 교내를 들썩이게 했다. 여학생들의 눈총을 감내해야 했던 나는 근수 형 뒤로 숨었다. 그는 듬직한 어깨로 나를 보호했을 뿐만 아니라 당당하게 나를 사랑했다. 유명인답게 주변 시선을 즐기는 듯 보이기도 했다. 한 번씩 버거워진 나는 그만하자는 말을 했지만, 그 말에는 힘이 없었다.

"네 손은 나를 아프게 한다."

내 마음을 파고들었던 한마디, 그 말에 나는 번번이 무너졌다. 그 무렵 나는 스스로에게조차 자신이 없었고 사랑 따윈 개나 물어갈 가치 없는 일이라 믿고 있을 때였다. 그를 받아들일 수 없다는 마음과 점점 더 그에게로 빠져드는 마음 사이에서 혼란스러웠다. 그와 함께 있는 동안 사랑받는 기분이 들었지만, 집에 와 홀로 생각하면 그를 이해할 수 없었다. 나를 향한 그의 마음은 무엇일까. 답을 찾을 수 없는 물음이었다.

비가 내리던 어느 가을밤, 근수 형과 나는 집으

로 가는 버스 안에 있었다. 영화를 보고 나서였는지, 늦은 저녁을 먹은 후였는지 기억은 없었지만 그것이 막차였다는 사실만큼은 또렷하다. 버스에는 두세 사람이 드문드문 있었고 우리는 맨 뒤 창가에 나란히 앉았다. 차창에는 빗방울이 사선으로 금을 그으며 떨어지고, 거리의 상점들은 깊은 밤 빗속에서 웅크리고 있었다. 우리는 서로 손을 잡고 있었다. 버스에 오를 때부터 놓지 않던 손이었다. 버스의 실내등은 희미했고 공기는 축축했다. 마주 잡은 손과 손 사이에 끈적한 땀이 배어들었다. 버스가 모텔이 늘어선 어느 전철역을 지날 때 근수 형은 내 손톱을 만지작거렸다. 그 순간 우리는 서로의 눈동자를 탐닉하듯 오래 들여다보았다. 그때 나는 가슴이 심하게 뛰었는데, 근수 형의 눈빛은 간절해 보였다. 나를 잡은 손에 힘을 주느라 얼굴에 경련이 일었다. 우리의 감정이 풍선처럼 부풀어 마침내는 터질지도 모른다고 생각했다. 결국 우리는 그곳에서 내리지 못했다. 누구라도 먼저 일어났더라면 우리는 버스에서 내렸을 것이다. 손을 잡은 채로.

전화벨이 울렸다. 요양보호사였다. 낮에 요양원에서 오는 전화는 늘 불길했다. 서둘러 전화를 받았다.

"빨리 좀 와 보셔야겠어요!"

"무슨 일이에요?"

"또 시작이에요."

요양보호사는 높고 빠르게 말을 뱉고는 전화를 끊었다. 나는 잠시 멍한 채로 손톱을 뜯었다. 요양원에 도착했을 때, 302호 앞 복도가 사람들로 술렁거렸다. 구경꾼들을 헤치고 들어갔다. 엄마와 요양보호사 둘만 있었다. 환자복이 조각조각 찢겨 바닥에 널브러지고 베개며 이불이 어지럽게 엉켜 뒹굴었다. 엄마가 침대 위에 앉아 가위로 환자복을 자르고 있었다. 붉은 립스틱 자국이 입술 주변으로 번져 귀신같은 몰골이었는데 물방울무늬 민소매 원피스 차림이 가관이었다. 요양보호사는 팔짱을 끼고 자신은 할 만큼 했다는 투로 고개를 절레절레 저었다.

"엄마!"

가위를 빼앗으며 소리를 질렀다.

"아줌마, 나, 가게 좀 데려다줘요. 저년이 나를

못 가게 막아."

엄마는 요양보호사를 흘겨보며 당장이라도 달려들 듯했다.

"문을 열어야 한단 말이야! 기다리는 사람이 있어."

엄마는 애원하듯 매달렸다. 나는 가위를 가방에 집어넣고 병실 문을 닫았다. 모여 있던 사람들이 아쉬운 듯, 안타까운 듯 뒤로 물러났다.

"선생님, 문이라도 좀 닫고 계시지 그랬어요?"

나는 요양보호사에게 섭섭함을 드러냈다.

"할머니 말리느라 경황이 없었지. 하마터면 큰일 날 뻔했어요. 가위 뺏으려다 다칠 뻔했다니까!"

"가위는 어디서?"

"낸들 알겠어요? 이럴 때마다 아주 심장이 오그라든다니까."

요양보호사가 도망치듯 방을 나갔다.

순간, 뒷머리가 화끈하게 당겨왔다. 엄마가 내 머리채를 낚아채더니 세차게 흔들었다. 나를 밀쳐내고 밖으로 나갈 생각이었다. 몸을 돌려 엄마 허리를 안고 침대로 밀어붙였다. 머릿속이 얼얼했다. 뼈만 남은 몸 어디에서 그런 힘이 나는지 알 수 없었다.

"가게 문 열어야 한다고!"

침대 위로 넘어지면서도 엄마는 악을 쓰며 버둥거렸다.

"제발, 좀!"

나는 있는 힘껏 소리를 지르며 엄마의 어깨를 잡고 흔들었다. 움직이지 못하게 손목을 단단히 쥐고 쏘아보았다. 엄마와 나의 거친 숨소리가 한동안 이어졌다. 소매 없는 원피스 속 엄마의 몸은 볼품없었다. 엄마가 지금 기억하는 희고 풍만한 여인의 모습이 아니었다. 아버지의 죽음 이후 스스로 여성성을 거세하고 살았던 세월을 보상이라도 하듯 엄마는 정신이 나갈 때마다 여자로 돌아갔다. 엄마는 지금 서른, 혹은 사십의 어느 봄날을, 화사하게 피어나던 자신의 인생을 그리워하고 있는지도 몰랐다. 그나마 여자로서 사랑을 받았던 기억, 춘하추동 시절이 엄마를 붙들고 있었다.

"밖에서 누가 기다려요…."

작전을 바꾼 사람처럼 엄마는 갑자기 순해졌

다. 뺨 위로 눈물이 주룩 흘렀다. 잠시 후 엄마가 펄썩 침대 위로 쓰러졌다. 팔뚝에 불그레한 손가락 자국이 선명했다. 엄마는 금세 깊은 잠에 빠졌다. 나도 엄마 옆에 주저앉았다.

춘하추동은 작은 동네의 명물이었다. 젊은 과부와 중학생 어린 딸의 구성만으로도 사람들 입에 오르내리기 그만이었는데, 무엇보다 밥도 팔고 술도 파는 가게 주인의 미모를 두고 사람들이 술렁거렸다. 처음부터 술을 판 것은 아니었다. 밀밭에만 가도 취했다는 엄마는 아예 술일랑은 냄새도 맡기 싫어했고 당연히 가게에 들일 생각도 하지 않았다. 하지만 밥만으로는 수지가 맞지 않았다. 끔찍한 딸을 위해서라도 강심덕 여사에게 필요한 것은 돈이었다. 그깟 술 좀 판다고 해서 크게 다를 게 없었다. 스스로 행실만 잘하면 되지, 그녀는 자신 있었다. 서른도 안 돼서 혼자되어 어린 딸과 어떻게 살아온 세월인데, 아무것도 무서운 것 없는 그녀였다. 실제로 그녀는 춘하추동을 드나드는 남자들에게 휘둘리지 않았다. 그 누구에게도 당당했으며 단단하게 자신과 딸을 지켜냈다. 치열하게 춘하추동을 꾸려나가는 사이, 엄마의 화장이 조금씩 짙어갔다. 국밥을 먹다가 흐리멍덩하게 풀린 눈으로 엄마의 뒷모습을 쫓던 남자들. 내가 참을 수 없었던 건 엄마가 그들의 눈빛을 적극 거절하지 않는다는 사실이었다. 노골적으로 맞장구를 치진 않았지만 웃음으로 받아넘기는 엄마의 유연함이 끔찍했다. 골목을 지날 때면 나를 향해 쏟아지던 동네 아줌마들의 저주에 가까운 빈정거림을 고스란히 받아내야만 했다. 나는 엄마에게 붙어 떨어지지 않는 그 더러움을 경멸했다. 손톱을 물어뜯기 시작한 것도 그 무렵이었다. 손톱이 잘려 나갈 때면 내 안에 들어 있는 더러움이 같이 떨어져 나가리라 생각했다. 피가 나도록 열 손가락을 뜯고 나면 엄마에 대한 원망도, 아픔도 가시는 것 같았다.

    엄마가 말하는 문밖의 사람은 대원 아저씨였다. 대원 아저씨, 순한 눈빛에 구부정한 등으로 불 꺼진 춘하추동 문밖에 서 있던 사람. 그는 손님이 없는 시간에 주로 가게에 들렀다. 복숭아나 옥수수 같은 먹거리들을 내 손에 쥐여 주곤 했다. 쌀이 떨어질 때쯤이면 쌀 포대를 어깨에 메고 왔으며, 김장을 마친 다음 날에는 어김없이 연탄을 배달시켰다.

"은경아, 엄마 불쌍한 사람이다."

술기운을 빌려 조심스럽게 말하던 아저씨. 엄마가 유일하게 곁을 내준 사람도 바로 대원 아저씨였다. 아저씨는 막걸릿잔을 앞에 두고 오랜 시간 그저 앉아 있었다. 손님이 모두 돌아가고 나면 춘하추동의 허술한 문을 걸어 잠근 엄마는 말없이 아저씨 잔에 막걸리를 따라 주곤 했다. 어느 날은 아저씨가 엄마의 손을 끌어다 자신의 품에 안고 가만히 들여다보았다. 방 안에서 온 신경을 가게에 쏟고 있던 나는 화가 났고 불안했지만, 숨소리가 새어 나갈까 이불을 뒤집어썼다. 그가 가게에 오는 날이면 나는 더욱 날을 세워 엄마에게 못되게 굴었다. 엄마와 아저씨 사이에서 느껴지던 부드러운 눈빛과 따뜻함이 싫었다. 더러움이란 저런 것이 아닐까, 생각했다.

중학교 3학년 겨울 방학식을 하던 날이었다. 매서운 바람이 몰아치는 강둑을 걸어 집에 도착했을 때 가게 앞에 동네 사람들이 모여 있었다. 대원 아저씨의 어머니와 부인이 가게에 몰려와 살림을 부수며 난동을 부리고 있었다. 엄마는 옷이 찢기고 머리칼이 엉킨 채 바닥에 내동댕이쳐져 있었다. 웅성거리는 사람들과 양은 냄비가 부딪치는 소리, 악을 쓰며 울부짖는 소리가 멀리서 가까이서 들어오고 나갔다. 평소 엄마와 가깝게 지낸다고 떠들고 다니던 남자들이 슬그머니 뒷자리로 물러서 있었다. 대원 아저씨 부인이 엎어진 엄마를 향해 발길질을 하려던 순간 나는 엄마의 등 위로 몸을 날렸다. 그녀가 주저앉더니 엄마와 나를 때리며 울었다. 아프지 않았다. 다만 겁이 났다. 지옥 같은 이 시간이 끝나지 않을 것처럼 무서웠다. 모두 돌아가자 엄마는 뒤집힌 의자를 일으키고 조각난 꽃무늬 접시를 아까운 듯 쓰다듬었다. 나는 참지 못하고 엄마의 손을 잡아끌고 강둑을 향해 달렸다. 악을 쓰며 달렸다.

"같이 죽자. 엄마, 난 이렇게는 못 살아!"

"은경아….”

강으로 뛰어드는 나를 잡고 엄마가 오열했다. 그날 밤 춘하추동 문밖에서 대원이 아저씨의 목소리가 오래도록 들려왔다.

"은경아, 은경아…."

나는 귀를 틀어막았고, 엄마는 벽을 향해 돌아누웠다. 엄마의 어깨가 들썩였다. 나는 밖으로 나갔다.

"제발 우리 앞에 나타나지 마세요!"

아저씨에게 달려들었다.

"은경아, 은경아."

"지긋지긋해. 더러워!"

그가 발길을 돌려 골목 뒤쪽으로 걸어갔다. 한 번씩 멈추었지만, 이쪽을 바라본 건지는 알 수 없었다. 그리고 아저씨는 더 이상 엄마를 찾아오지 않았다.

"은경아!"

엄마가 잠에서 깼다. 따뜻한 물을 컵에 따라 엄마에게 주었다. 먼 여행을 다녀온 사람처럼 엄마는 기진맥진해 있었다. 그녀는 원피스를 입은 자신을 내려다보더니 긴 한숨을 쉬었다.

"내가 또⋯."

엄마에게 새 환자복을 입히고 엉클어진 머리를 빗겨 주었다. 윤기 없는 머리칼이 뭉텅뭉텅 빠져나왔다. 엄마가 내 손을 잡더니 짧은 손톱을 매만졌다.

"손톱 좀 길러라. 예쁜 매니큐도 바르고. 젊은 애 얼굴이 그게 뭐냐."

"지금 내 걱정 할 때야?"

"자식 걱정하는 데 때가 있다더냐?"

"엄마나 잘하셔."

"나 보기 싫다고 가출했던 거 생각나니?"

"내가 그랬나?"

"그때 찾지 말았어야 했는데."

"아이고, 나 없이 퍽이나 잘 사셨겠우."

"그럼 니가 이 고생 안 해도 될 것을."

"엄마가 내 속 썩인 것에 비하면 이깟 게 무슨 고생이라구."

창밖을 바라보았다. 꽃잎이 바람 따라 허공으로 날아올랐다가 떨어지고 있었다. 작은 새 떼가 군무를 추는 것 같았다.

"엄마, 춘하추동 한번 가보실래?"

"싫다. 거긴 뭐 하러."

엄마는 아니라고 했지만, 날이 더 따듯해지면 엄마를 가게에 모시고 가야겠다고 생각했다. 엄마가 앞으로 나를 알아볼 날이 얼마나 될까. 엄마는 자신의 인생을 점차 잊어갈 테고 그녀 삶에서 가장 화려했던 춘하추동 시절도 까무룩 해질 것이다. 정신이 나갈 때마다 찾던 대원이 아저씨도 언젠가는 잊고 말겠지.

대원이 아저씨 이야기를 꺼내려다 그만두었다. 이 세상에서 엄마를 가장 많이 이해하고 보듬었던 사람이라는 것을 내가 진작 깨달았다면, 엄마의 삶이 조금 나아질 수 있었을까. 팍팍한 그녀의 삶에 단 한 번 따듯하게 불어오던 바람, 대원 아저씨. 어쩔 수 없는 운명에 발이 묶였어도 자신의 가슴에서 뭉근하게 피어오르던 사랑을 엄마에게 쏟아부었던 사람. 엄마를 지금껏 버티게 해 주는 고마운 사람이었다는 걸 너무 늦게 알아 버렸다. 그가 사랑하는 방식은 그런 것이었다. 불쌍하게 여기는 것, 무거운 삶의 무게를 마음으로 나누고 싶어 하는 마음, 대원 아저씨의 진심이었다.

이십여 년 동안 끈을 놓지 않는 근수 형을 생각했다. 도망치다시피 그를 멀리했던 나를 끝내 기억해 주는 그의 마음은 무엇일까. 그가 어울리는 여자를 만나 결혼을 하고 번듯한 가정을 꾸려 잘 산다는 이야기를 들은 지도 오래되었다. 사랑이었든, 집착이었든, 내 인생의 한때를 찬란하게 해 준 근수 형, 어두운 장막 너머 빛이 있다는 걸 알게 해 준 사람. 그의 사랑은 의리일지도 몰랐다.

"무슨 생각을 하는데 불러도 몰라?"
엄마가 내 손을 잡으며 말했다.
"아니, 그냥… 봄이 오네."
"꽃도 피었지?"
"피었지."
"겨울 돼서 다 죽은 거 같아도 봄 되면 또 피고, 또 피고… 활짝 피었다가 지고. 사람도 저 나무처럼, 꽃처럼 다시 필 수는 없을까?"
"그러게."
"나는 말이다. 만약에 다음 생에도 사람 몸 받아 나게 해 준다면 그땐 나도 한번 활짝 피어 볼란다."
엄마는 나의 손가락 마디마디를, 살처럼 굳어진 손톱을 부드럽게 문지르며 말했다. 엄마의 손을 마주 잡았다. 바람이 먼 곳으로 물러가고, 지는 해가 꽃 대궐 산자락 위에 붉은 그림자를 펼치고 있었다. 나는 엄마에게 말해 주고 싶었다. 괜찮다고, 우리는 겨울을 이겨내고 내년에도 봄을 볼 수 있을 거라고.

숨은
그림

　나는 숨기로 했다. 할머니에 비하면 나의 숨는 재주는 보잘것없지만, 그래도 보고 들은 것이 있으니 꽤 자신 있다. 할머니는 숨은 그림도 잘 찾았다. 할머니 자신이 잘 숨는 사람이어서 "숨은 그림 찾는 것쯤은 껌이지"라고 말할 때 슬쩍 비치던 자신감이 나는 부러웠다. 할머니의 의뭉하면서도 당당하던 그 눈빛을 따라 해 봤는데 할머니만큼 멋져 보이진 않는다.

"나는 말이지, 부엌 찬장 서랍에 숨는 걸 좋아했단다."

할머니가 입술을 오물오물하며 추억에 잠기듯 자랑했는데, 나는 콧방귀를 뀌다가 어느새 할머니 이야기 속으로 빠져들곤 했다.

"거짓말도 잘하시네. 그럼 지금 한번 들어가 봐."

"아무도 없는 한밤중에 움직이는 게 내 철칙이지."

할머니는 어림없다는 듯 눈을 가늘게 뜨며 입술을 달싹거렸다. 내 눈에는 할머니가 온 얼굴로 말하는 것처럼 보여, 자글자글한 주름 사이사이에 누군가 숨어서 할머니가 말할 때마다 피부를 늘렸다 접었다 하는 것은 아닐까 상상했다. 할머니가 새끼손가락만큼 작았을 때 할머니의 아버지가 아끼는 책상에 올라가 서랍에도 숨었고, 두꺼운 책 사이를 비집고 들어가 숨기도 했다고 말했다. 그럴 때마다 내가 얼마나 경이롭고 부러운 눈빛으로 할머니를 올려다봤는지…. 할머니가 작정하고 숨으면 아무도 찾지 못했는데 어디에 숨었는지 알면서도 그랬다고 했다. 도통 이해할 수 없었지만, 할머니의 엄마나 아버지를 만나 물어볼 수도 없었지만, 할머니를 우상으로 삼자고 마음먹은 후엔 그럴 수도 있겠다고 혼자서 타협했다. 할머니가 돌아가신 후 나는 할머니가 숨었다던 장소를 찾아 몸을 감추곤 했다.

마지막 고객은 40대 남자였다. 그는 P와 상담 중이었다. 점심을 먹고 들어온 P는 얼굴이 거무스름하고 꺼칠해 보였는데 속이 좋지 않다고 거듭 트림을 했다. 그가 트림을 뱉어낼 때마다 시큼하고 역겨운 냄새가 났다. P와 내가 앉은 자리는 주먹 하나 정도 들어갈 만큼의 공간이 있을 뿐이었다. 무례하고 몰상식하긴. 한마디 하려다가 과장되게 손을 치켜들어 코를 막음으로써 불편한 기색을 냈지만, P는 아랑곳하지 않았다. 한동안 된트림을 하던 P가 쓰러진 것은 내가 더 이상 참지 못하고 자리에서 벌떡 일어났을 때였다. 슈퍼바이저 자리에서 보면 내가 P를 넘어뜨린 것으로 보일 수도 있었다. 나는 얼결에 뒤로 넘어가는 P를 안고 함께 나동그라졌다.

슈퍼바이저가 뛰어와 P를 일으켰다. P의 팔다리가 문어처럼 늘어졌다.

"인옥 씨, 무슨 일인데 사람을 쳐?"

"제가요?"

"아무튼, 저 전화 마무리하고, 누가 119 좀 불러 봐!"

슈퍼바이저가 허둥댔다.

나는 엉거주춤 P의 자리에서 전화를 집어 들었다.

"여보세요?"

"씨발, 죽고 싶냐?"

수화기 너머로 쌍욕이 터져 나왔다.

"죄송합니다, 고객님. 사고가 생기는 바람에."

"내 마누라 죽은 것보다 더 큰 사고냐고!"

나는 조심스럽고 상냥하며 미안해하는 말투를 골라 그간의 상황을 설명했다. 그는 들으려 하지 않았다. 대책 없이 그의 말을, 그의 욕설을 들었다. 그는 내가 대답을 하면 말대꾸한다고, 아무 말도 하지 않으면 자신을 무시한다고 악을 썼다. 당장 죽여 버릴 테니 기다리라는 경고를 하고도 잠잠해질 기미가 보이지 않았다. 오히려 점점 더 격해지고 있었다. 화난 고객을 어떻게 응대해야 하는지는 숨을 쉬는 횟수보다 더 자주 외우고 있어야 하는 매뉴얼이었다. 하지만 그에게는 소용없었다. 그의 악다구니를 받는 동안 119 대원들이 P를 싣고 갔다. 한숨 돌린 슈퍼바이저가 전화기를 낚아채더니 책상에 머리를 조아렸다. 벌겋게 달아오른 슈퍼바이저의 얼굴 위로 남자의 성난 목소리가 무자비하게 쏟아졌다. 땀을 닦다가 나와 눈이 마주친 슈퍼바이저는 눈을 힘껏 찢어 꺼지라는 눈짓을 보냈다. 경멸과 한심함이 뒤섞인 표정이었는데, 다른 때와 다르게 나는 그 눈빛을 거부할 수 없었다. 문득 아득해졌다. 가방을 챙겨 들고 사무실을 나왔다. 한 시간 뒤 슈퍼바이저로부터 문자가 왔다.

'이인옥 씨, 내일부터 나오지 않아도 됩니다.'

정중하고 명료한 해고통지였다. 구구한 감정 설명 없이 산뜻한, 슈퍼바이저다운 방식이었다. 남자의 문제는 어떻게 해결되었는지 잠깐 궁금했다.

멀쩡하던 그의 아내가 바로 어제 죽었다고 했다. 보험금을 달라고, 꼬박꼬박 보험료를 낸 사람은 바로 자신인데, 왜 말귀를 못 알아듣느냐고 말하던 그는 P가 응급실로 실려 가고 내가 대신 응대하던 그 짧은 시간을 참을 수 없어 했다. 슈퍼바이저가 그에게 보험금을 주겠다고 약속했는지 알고 싶었지만 이제 나와는 무관한 일이었다. 생각보다 일찍 퇴직했다―당했다―는 사실이 계획에서 조금 어긋나기는 했어도 크게 실망스럽지는 않았다. 입사할 때부터 슈퍼바이저와 삐걱거렸고 막연하게 이런 날이 오리라 예상했었다. 왠지 이곳에서 나의 마지막은 깔끔하거나 명예롭지 못할 것 같은 예감이 그림자처럼 내 안에 자리하고 있었다. 슈퍼바이저에 따르면 말주변도 없고 순발력도 없고 눈치도 없는데 데면데면하기까지 한 내가 그나마 3년이나 버틴 것도 다행이었다. 상담 건수가 남들보다 적었는데도 컴플레인은 더 자주 받아야 했다. 고객의 요구에 적절하게 대응하지 못하자 슈퍼바이저 눈 밖에 나는 것은 당연했다. 내가 회사 매출에 기여하지 못한다는 이유 외에도 생래적으로 나는 슈퍼바이저가 싫어하는 부류일지도 몰랐다. 그녀는 이제 갓 마흔에 접어들었는데 고객을 대하는 노련함은 팔십의 노파처럼 유연했고, 직원들을 관리하는 능력은 유치원생을 다루는 선생 같았다. 유독 내게 너그럽지 않았던 이유를 달리 설명할 길이 없다. 눈칫밥을 먹는 일에 이력이 나 있는 나는 그런 슈퍼바이저를 이해했다. 나의 이해가 그녀의 심기를 불편하게 했을지도 몰랐다. 그러면서도 이 일을 놓칠 수 없었다. 그렇게 견뎌왔건만 무슨 이유인지 오늘 단박에 정리가 되었다. 남자 고객과 슈퍼바이저와 P가 만들어낸 기운이 소나기처럼, 폭풍처럼 나를 덮치고 몰아낸 느낌이었다. 나는 갑자기 다리가 풀려 꼼짝없이 무릎을 꿇고 만 것이다. 나의 인내심도 그 고객과 별반 다를 바 없었다. 병원비 마련이 문제였다. 부지런히 움직이면 시간제 아르바이트 자리쯤이야 구할 수 있으리라 희망했다. 길에 서서 무심하게 떨어져 내리는 햇빛을 받았다. 그러다가 이렇게 환한 대낮의 거리는 내가 있어야 할 시간과 공간이 아니라는 생각이 들었다. 두 평이 채 안 되는 고시원 쪽방이 그렇고 3년간 일했던 콜센터의 자리가 그랬던 것처럼 내게 허락된 곳은 늘 좁고 어두웠으며 시간은 더디게 지나갔다. 그런 곳이어야만 내게 안정을 주었다. 할머니가 서랍에 즐겨 숨었던 이유도 나와 같았을까. 이제 막 여름이 시작되고 있었다. 따갑고 환한 햇살을 이겨낼 수 없어 시외로 가는 버스를 탔다. 두 번 더 버스를 갈아타고 인적 없는 시골길을 지나 아버지가 있는 요양원에 도착했다.

아버지가 치매에 걸릴 줄은 정말 꿈에도 생각지 않았다. 아버지는 강철처럼 단단하고 얼음처럼 차갑고 악마처럼 잔인한 사람이었다. 정신을 잃어버리고 평소 자신이 아닌 모습이 되어 측은함을 불러일으키는 그런 병은 아버지와 어울리지 않았다.

"조금 전까지 아주 애먹었네요."

담당 간호사가 이르듯, 투정하듯 볼멘소리를 했다.

"미안합니다."

"천하장사예요. 아무 걱정 안 하셔도 됩니다."

간호사가 고개를 흔들며 복도 끝으로 걸어가 버렸다. 일 년 만에 마주한 아버지는 얼굴에 살이 올라 부드러운 인상을 풍겼다. 간호사의 말처럼 누구에게도 걱정을 끼칠 것 같지 않은 무해한 모습으로 잠들어 있었다. 과거를 통째로 드러내 버린 저 머릿속에는 무엇이 남아 있을까. 소주병을 깨서 유리 조각을 턱밑으로 들이밀며 협박하던 자신의 얼굴을 어디에 숨겨 두었을까. 집 나간 엄마를 찾아오라며 추운 겨울밤 나를 발가벗겨 문밖으로 밀쳐 버린 그는 대체 어디로 가 버렸을까. 치매는 아버지에게 면죄부였다. 그에게 과거는 없는 일이었다. 치매가 아니었어도 아버지는 어쩌면 지나가 버린 과거 따위에 연연하지 않았을지도 몰랐다. 그는 일찍이 떠나간 엄마를, 자신이 학대하던 딸을 먼 시간 속에 묻어 버리고 철저하게 지금, 이 순간을 살아가고 있는 것이다. 탐욕스럽게 먹을 것을 찾고 맹수처럼 사납게 주변 사람들을 할퀴면서. 시도 때도 없이 난폭한 아버지는 1인실을 통째로 쓰고 있다. 문제적인 환자의 보호자이면서도 아버지를 방치해 둔다는 이유로 나는 늘 죄인이었다. 해고당한 날, 아버지를 찾아온 까닭은 그가 유일하게 남은 혈육이어서가 아니었다. 괜찮다는 말을 듣고자 하는 이유는 더욱 아니었다. 아버지의 보호자로서 더 이상 그 역할을 이어갈 자신이 없다고, 이제 그만하겠다고 말하고 싶었다. 평소처럼 어디 갔다가 이제 왔느냐고 머리채를 잡고 휘두른다면 오히려 마음이 편할 것 같았다.

"당신은 평온하군요. 알고 계신가요? 당신의 딸이 어느새 서른다섯이 되었고, 이제는 당신을 보호하고 있죠."

해가 지도록 아버지는 잠을 잤다. 막차 시간을 확인하고 병실을 나왔다. 집으로 오는 내내 고요하게 눈을 감고 있던 아버지의 모습이 떠올랐다 조그맣게 사라져 갔다.

할머니는 마지막 숨을 거두기 전 내 귀에 속삭였다.

"이제 나는 정말 숨을 거란다. 아무도 찾지 못하겠지. 하지만 우리는 만날 거야. 사랑하니까, 결국 해피엔딩인걸. 안녕, 아가."

안녕, 안녕. 할머니의 뼛가루가 강바닥으로 가라앉으며 내게 인사했다. 어둠이 짙어 쉽게 눈에 띄지 않는 깊은 물 속으로 할머니는 숨어 버렸다. 할머니는 내가 당신을 찾을 수 있을 거라 말했다. 내가 할머니를 닮았기 때문이라고 했다. 할머니가 어린 나를 품에 안고 들려주던 옛이야기 속 인물들은 항상 행복하게 잘 살았다. 백설공주를 해치려 한 새엄마도 행복했고, 인어공주에게 목소리를 앗아간 마녀도 행복했고, 해님 달님 속 호랑이도 행복하게 잘 살았단다, 할머니 이야기의 마지막은 늘 이런 식이었다.

"어떻게 그래? 나쁜 놈은 벌을 받아야지."

눈썹을 찡그리며 내가 물었을 때 할머니는 또 입술을 오물거리며 말했다.

"모두가 잘 숨었기 때문이란다."

"술래가 찾지 못하게 꼭꼭 숨으면 행복한 거네."

"슬프거나 외로울 때 잠깐씩 몸을 숨기렴. 금세 기분이 좋아지지."

나는 할머니가 했던 것처럼 잠시 숨기로 했다. 전화기가 울렸다. 요양원이었다. 여러 차례 다시 전화가 걸려왔지만 받을 수 없었다. 잠시 후 메시지가 떴다.

'이인옥 님, 아버님이 사라지셨어요. 문자 보면 바로 전화 주세요. 경찰서에 신고는 해 두었습니다.'

'나는 이제 지쳤어요. 힘이 없답니다. 마지막으로 라면을 먹은 게 한 달도 더 되었을 거예요. 아버지는 아무 걱정 마세요.'
 답장할 수 없어도 나의 메시지가 담당 간호사에게 가 닿기를.


 1200년 전에 살았던 어린이가 발견되었다고 했다. 옆자리의 P가 휴대전화 화면을 내게 보여 주며 신기하다고 했었다. 나는 P의 전화기를 한참 들여다보았다. 아이는 페루의 고대 무덤에 숨어 있었는데 온몸에 줄을 친친 감고 있었다. 두 무릎을 접어 가슴 앞에 나란히 두고 두 손으로 얼굴을 감싼 채 잠에 빠진 모습이었다. 가녀린 팔과 다리, 탄력으로 빛났을 피부, 그리고 행복한 웃음으로 가득한 얼굴을 가진 아이. 술래를 피해 잠시 숨는다는 것이, 그만 잠에 빠져 1200년의 시간이 흘러 버렸다. 나는 사진 속 아이를 향해 인사했다. 안녕, 결국은 찾아냈지? 그때 P는 죽었다 살아온 귀신이라도 본 것처럼 몸서리를 치며 나를 훑어봤었다. 아, P는 어떻게 되었을까. P가 보고 싶다. 나란히 앉아 일했지만 세 마디 이상 대화를 나눈 적 없는 P. 그에게라도 내가 숨을 테니 아주 오랜 시간이 지난 후에 찾아 달라고 부탁했어야 했는데… P는 잘 찾는 사람일까? 아버지는 어디에 있을까….

눈이 감긴다. 눈이 감겼어도 나는 천장을 볼 수 있다. 옅은 갈색과 회색의 격자무늬 벽지가 일렁거린다. 그것들은 밧줄이 되어 서서히 나를 향해 내려온다. 나는 기쁘게 줄에 감긴다. 책상 서랍에 잘 숨으려면 빈틈없이 꼭꼭 묶여야 하는데, 다행히 몸이 가볍다. 할머니는 무언가를 잘 찾는 사람들이 간혹 있다고 말했다. 그들은 아주 섬세하고 선한 사람들이어서 믿어도 좋다고, 그러니 마음 놓고 숨을 수 있어야 한다고 했다. 걱정하지 않아요. 천년쯤 후에 할머니처럼 잘 숨고 잘 찾는 사람이 있어 나를 찾아 준다면, 부드럽고 순한 붓으로 내 몸의 먼지를 털어 주고 희고 깨끗한 수건으로 나를 감싸 조심스럽게 안아 준다면, 비로소 나의 숨은그림찾기는 완성되

겠죠. 결국 우리는 모두 만나게 되는군요. 잠이 밀려오네요. 안녕.

보파
김밥

    아무래도 코에 뭔 일이 난 게 틀림없다. 세 번째 갈아 끼운 휴지도 빨갛게 핏물이 들어 축축했다. 콧속의 휴지를 빼서 바닥에 버리고 발로 짓이겼다. 피가 멈추지 않았다. 소매로 코를 틀어막았다. 귀에서 윙윙 바람 새는 소리가 나고 갈비뼈라도 부러진 건지 옆구리를 펼 수 없었다. 찢긴 바지 사이로 무릎이 드러났다. 흙과 피가 엉겨 끈끈한 반죽처럼 들러붙어 있었다. 바람이 불어와 머리칼을 뒤집을 때면 온몸이 쓰라렸다. 그래도 가슴은 시원했다. 골머리를 앓던 숙제를 해치운 것 같은 개운함. 벌러덩 누워 눈을 감았다.

맹렬하게 퍼붓던 햇빛도 기세가 꺾였는지 소나무 가지에 축 늘어져 있었다. 코피가 멎었는지 목으로 넘어가던 찝찝한 맛이 느껴지지 않았다. 침을 뱉어내고 자리에서 일어났다. 멀리 민철이가 따까리들을 앞세우고 교문을 빠져나가는 게 보였다.

이틀 전, 토요일 오후 학교 뒷산에서 한판 붙자는 말을 꺼낸 것은 나였다. 더는 도망 다니고 싶지 않았고 어떻게든 결판을 내고야 말겠다는 생각에 용기를 낸 것이었다. 민철이는 따까리를 셋이나 데리고 나타남으로써 나의 기대를 저버리지 않았다. 비겁한 새끼. 민철을 이겨볼 생각은 처음부터 하지 않았다. 학교에서 그 누가 민철을 상대한단 말인가. 때리면 요리조리 피하면서 적당히 맞아 주는 게 오늘의 작전이었다. 처음부터 발차기가 날아왔다. 운동화 바닥의 날카로운 스파이크가 코뼈를 정확하게 가격했다. 나는 바닥으로 나동그라졌다. 시뻘건 코피가 퍽, 터져 나오자 민철이와 따까리들이 낄낄거렸다. 잽싸게 일어나 민철이 앞에 얼굴을 들이밀었다. 그 바람에 민철이 셔츠 가슴 근처에 피가 튀었다. 흰 셔츠에 빨간 핏방울이 엷게 퍼져나갔다.

그 모양이 진달래를 닮았다고 생각하다가 어이없어 웃음이 났다. "웃어?" 민철이가 두 번째 가격을 해 왔다. 갈비뼈가 뚫리는 것처럼 세찼다. 다시 일어섰다. 고개를 숙였는데 이번에는 피 한 방울이 민철이 운동화 앞코에 떨어졌다. 민철이가 불에 덴 강아지처럼 펄쩍펄쩍 뛰더니 흙을 집어 운동화를 벅벅 문질렀다. 그러다 총알처럼 튕겨 일어나 옆차기를 날렸다. 나는 땅으로 고꾸라졌다. 눈앞에서 불꽃이 튀었다. 물러날 수 없었다. 일어나는 척하다가 잽싸게 민철이 오른 다리를 붙잡았다. 민철이가 중심을 잃고 뒤로 자빠졌다. 민철이는 왼발을 치켜들고 무차별적으로 휘둘렀다. 어깨가, 머리통이, 팔뚝이 난타를 당했다. 아픔도 느낄 수 없었다. 그의 발목을 두 팔로 움켜잡고 버텼다. 어디 해볼 테면 해보라지. 나 안동훈이라구. 어느 순간 힘이 빠졌는지 민철이 작전을 바꾸었다.

 "좆나 질기네. 아, 아, 알았어. 씨발, 일단 이거 좀 놔 봐."

 말소리가 제법 부드럽기까지 했다. 그래도 나는 한참 동안 민철이 다리를 끌어안고 놓지 않았다.

따까리 하나가 배를 걷어찼다. 순간 견디지 못하고 손을 놓쳤다. 뒤틀리는 배를 움켜쥐고 뒹굴었다. 민철이는 피가 번진 흰 셔츠를 비비다가 운동화 코를 쓸어내리다가 내 얼굴에 대고 침을 뱉었다.

"하, 븅신 새끼."

따까리들이 따라서 침을 뱉어냈다.

"야, 이제 니들이 알아서 해라. 씨이발."

민철이가 따까리들에게 명령했다.

"이 새끼, 토종 아닌 거 맞네, 맞아."

따까리 중 하나가 운동화 발로 내 머리를 짓이기며 말했다.

민철이 일당이 보이지 않을 만큼 멀어졌다. 자리에서 일어서는데 무릎이 꺾였다. 소나무 가지에 등을 대고 앉았다. 몸이 으스스했다. 기다가, 걷다가, 주저앉아 쉬기도 하며 산을 내려왔다. 운동장으로 곧바로 이어지는 길을 피해 교실 뒤를 돌아 교문으로 향했다. 낮 동안 들떠 있던 열기가 가라앉은 학교 건물은 버려진 집처럼 썰렁했다. 운동장에는 연습을 마친 야구부원들이 뒷정리를 하고 있었다. 나비처럼 날아다니는 흰 벚꽃잎을 잡으려 손을 뻗고 뛰는 아이들도 보였다. 하늘에라도 올라갈 기세였다. 웃음소리가 꽃잎과 함께 사방으로 퍼졌다. 나는 운동장 멀리 울타리 쪽으로 발길을 잡았다. 준영이가 야구 배트를 닦다가 나를 알아보고 손을 크게 흔들었다. 조금만 기다리면 끝날 테니 집에 같이 가자는 신호였다. 나는 못 본 척 고개를 돌렸다. 준영이 내 꼴을 보면 콧김을 씩씩대며 흥분할 게 뻔했다. 그렇다고 자기가 민철 일당을 어찌해 보지도 못할 거라는 것을 나는 잘 알고 있다.

"야, 안동훈. 기다리래두!"

씨름 선수처럼 뚱뚱한 준영은 소리를 고래고래 지르면서도 나를 잡으러 뛰어오는 짓은 하지 않았다. 어릴 적부터 달리기로 준영이가 나를 앞섰던 일은 단 한 번도 없었고 그것은 앞으로도 일어날 수 없는 일이었다. 야구부 연습 경기에 못 가서 아쉽지만, 그보다 더 중요한 일을 해냈다는 생각에 약간 우쭐한 기분이 들었다. 내일 준영이 어떤 표정을 할지 떠올리니 피식 웃음도 나왔다.

뒷산 너머로 해가 사라졌다. 그제야 팔에 소름

이 돋고 턱이 덜덜 떨렸다. 내가 기억하는 4월은 이렇게 춥지 않았다. 평소라면 천천히 걸어도 20분이면 닿는 집이 오늘은 너무 멀었다. 걸음을 옮길 때마다 무릎이 꺾이고 발목은 공중에서 뒤틀렸다. 준영이네 집 근처에 다다랐을 때 창문에서 따뜻하고 밝은 빛이 새어 나오고 있었다. 좁은 골목을 가운데 두고 마주한 우리 집과는 너무 대조적이어서 두 집은 각각 다른 세상에 있는 것처럼 보였다. 멈춰서서 희미하게 흔들리는 할아버지 방 불빛을 바라보았다. 티브이만 켜두고 잠이 든 게 분명했다. 어둠이 내리는 마당에 키 작은 살구나무가 흰 꽃잎을 단 채 가지를 늘어뜨리고 있었다. 이대로 들어갔다가는 할아버지 손에 죽을지도 모른다. 준영이네 담벼락에 기대앉았다. 오늘만큼은 더 맞고 싶지 않다. 바람이 차가워졌고, 검게 변해 가는 하늘에 별이 뜨기 시작했다. 부드럽게 반짝이는 별은 언제 봐도 엄마의 눈을 닮았다.

    우리 엄마는 캄보디아 사람이다. 엄밀하게 말하자면 이제는 어엿한 한국 사람이다. 아니, 우리 엄마는 어느 나라 사람도 아니다. 굳이 따지자면 하늘나라 사람이려나.

"동훈, 엄마는 캄보디아에서 태어났어요."

"캄? 뭐라구?"

"캄.보.디.아"

"그게 뭐야?"

"응, 엄마네 나라예요."

유치원 입학을 앞둔 어느 밤 엄마는 출생의 비밀을 내게 털어놓았다. 엄마가 한국 사람이건 옆집 사람이건 그다지 중요하지 않은 일곱 살이었다. 하지만 그날을 기점으로 내 인생이 조금 꼬이기 시작했던 것 같다.

"그럼 나도 엄마네 나라 사람이야?"

"음… 맞아요. 하지만 동훈이는 한국 사람도 돼요. 아빠가 한국 사람이니까."

"나, 아빠 없는데?"

엄마가 가만히 내 손을 잡았다. 작은 창을 넘어온 달빛이 엄마 얼굴에 쏟아지자 엄마의 큰 눈이 더욱 반짝였다. 나는 그 눈 속으로 빨려들기라도 하듯 엄마 품속으로 파고들었다. 엄마 가슴에서 김치찌개 냄새가 났다. 엄마는 잠시 나를 안는 듯하더니 겨드랑이 밑으로 손을 넣고 간지럼을 태웠다. 내가 웃음을 참지 못하고 방바닥에 나뒹굴자 엄마도 따라 굴렀다. 엄마의 간지럼만큼은 당해낼 자신이 없다. 엄마가 간지럼 태우려고 손가락만 펴도 온몸이 오그라들고 자지러졌다. 엄마는 내가 우울할 때나 나를 달래야 할 때는 간지럼을 무기처럼 사용했다. 그 밤, 우리 방에는 부드러운 달빛과 알 수 없는 꽃향기와 김치찌개 냄새가 뒤섞여 달콤하고도 매콤한 향기가 났다. 우리가 장난치며 키득거리는 사이 옆방에서 할아버지는 큰소리로 헛기침을 했다. 엄마와 나는 손가락을 입에 갖다 대고 이불을 뒤집어썼다. 그래도 한번 터져 나온 웃음은 쉽게 멈추지 않았다.

그날 이후 엄마는 틈나는 대로 엄마의 히스토리를 내게 들려주었다.

엄마의 캄보디아 이름은 보파였다. 그 나라 말로 '꽃'을 뜻한다고 했다. 아빠와 결혼한 후 얻은 한국 이름은 김보라였다. 엄마가 보파였을 때 엄마네 집은 가난했다. 가난하고 가난해서 엄마는 지금의 내 나이보다 훨씬 어릴 적부터 일을 해야만 했다. 초등학생 엄마는 새벽 4시면 일어나 집 뒤 대나무밭에서 대나무를 베어다 시장에 내다 팔았다. 엄마의 아빠가 유일하게 남긴 재산인 자전거는 꼬마 엄마가 타고 다니기엔 너무 컸다. 발가락 끝에까지 힘을 주고 엉덩이를 바짝 들어 올려야만 페달을 밟을 수 있었다. 엄마 집에서 새벽시장까지는 자전거로 꼬박 2시간을 달려야 닿을 수 있었다. 자전거에 실은 대나무는 엄마 몸무게의 100배도 더 나갔으며 길이는 이차선도로만큼이나 길었다. 큰 자전거를 운전하던 키 작은 엄마는 시장으로 가는 길 오는 길 합쳐서 열 번도 더 넘어졌다. 그럴 때마다 대나무는 와르르 엎어져 여기저기 굴렀고 엄마도 길 위에서 굴렀다. 구르면서 울면서 대나무를 다시 자전거에 실었다. 새벽시장이 끝나고 집으로 올 때는 자전거가 가벼워지기도 했고 팔다 남은 대나무가 다시 실려 있기도 했다. 엄마의 아빠는 엄마가 아직 엄마의 엄마 뱃속에 있을 때 돌아가셨고 엄마의 언니, 그러니까 나에게는 이모가 되는 사람이 있었지만 태어날 때부터 다리가 굽어 바깥일은 할 수 없었다.

"이눔아, 몇 신데 아직도 처자는 겨! 밥 안 해?"

할아버지가 방문을 열어젖히며 버럭 했다. 늦잠을 잔 모양이었다. 일어나려는데 눈도 떠지지 않고 손 하나 까딱할 수 없었다. 온몸이 밧줄에 묶여 깊은 물 속으로 가라앉는 것 같았다. 저절로 얼굴이 구겨졌다. 이불을 끌어다 머리까지 덮었다. 피투성이에 여기저기 찢긴 내 모습을 봤는지 못 봤는지 할아버지는 다시 문을 닫고 나가 버렸다. 혀를 끌끌 차며 대문을 나서는 소리가 꿈인 것처럼 멀리서 들려왔다.

다시 눈을 떴을 때 방 안이 어둑해서 새벽인지 저녁인지 얼른 알아차릴 수 없었다. 기다시피 마루로 나왔다. 저녁 시간인가 본데 할아버지는 아직 노인정에서 돌아오지 않은 것 같았다. 나는 할아버지가 밉다. 그러고 싶지는 않지만 할아버지가 먼저 시작했기 때문에 어쩔 수 없다. 할아버지의 첫 미움 상대는 엄마였다.

"저렇게 비쩍 말라비틀어져서 어디 써먹겠누. 에이… 속 터져."

"식인종도 아니고 할아버지는 왜 자꾸 엄마를 싸 먹는대? 엄마가 쌈이야?"

"쬐끄만 게 뭘 안다고 말대꾸여?"

"쬐끄매도 알 건 다 알지."

"이놈아, 나가!"

할아버지는 좀 밀린다 싶으면 나를 내쫓았다. 그나마 나나 하니까 할아버지를 상대하지 내가 말도 못 하던 아기였을 때 엄마가 혼자 고스란히 받아내야만 했던 구박을 생각하면 나야말로 속이 터진다. 얼른 자라서 할아버지로부터 엄마를 지켜야 한다고 매번 다짐했었다. 할아버지는 아빠가 돌아가신 것도 엄마 탓이라고 생각했다. 하지만 아빠는 결혼하기 훨씬 전부터 병을 앓고 있었다고 하는데, 그 사실을 숨기고 엄마와 결혼시킨 할아버지는 사기죄로 고소를 당해도 할 말이 없다. 입만 열면 나를 '반쪽이'라고 부르는 할아버지 덕에 나는 온 동네 '반쪽이'로 놀림을 받았다. 자기 피가 반밖에 안 섞였다나, 어쨌다나. 그나마 반밖에 안 섞인 게 얼마나 다행인지 모르겠다. 완전히 할아버지 피로만 되었다는 것은 상상만으로도 끔찍한 일이다. 게다가 뭐 그렇게 대단한 혈통이라고. 할아버지는 동네에서도 인심을 잃었다. 괴팍한 데다가 아무에게나 반말을 하고 온갖 참견을 했다. 어른, 아이 할 것 없이 할아버지를 만나면 불빛에 놀란 바퀴벌레처럼 슬금슬금 피해 흩어진다. 오던 길을 다시 돌아가기도 한다. 내 바람과는 달리 할아버지는 오래 살지도 모른다. 온 동네 욕은 혼자 다 먹고사니 말이다. 제일 큰 문제는 할아버지가 아예 나를 손자로 인정할 생각이 없다는 것이다. 2대 독자인 아버지가 사십이 넘도록 결혼을 못 하자 할아버지는 먼 친척 집에서 돈을 빌려와 엄마를 데려왔다고 한다. 오직 대를 이을 욕심이었다. 막상 며느리로 들이고 보니 못마땅한 것투성이에 영 눈에 차지 않아 했다. 말이 통하지 않으니 답답하고 작은 키에 부러질 듯 가는 허리로 애를 제대로 낳을 수 있을지도 의심했다. 중매 회사에서 들기로는 제법 야무지고 똑똑하다고 했는데 한국말이 서투르니 할아버지 보기에 왠지 모자라 보였을 것이다. 내가 말을 하기 시작하면서 할아버지의 화풀이는 내게로 옮겨왔다. 혈육의 정통성 어쩌고 하면서 억지를 부렸다. 그럼 처음부터 외국인하고 결혼을 시키지 말았어야 하는 거 아닌가? 할아버지를 가장 기막히게 만든 건 어쩌면 아빠였다고 준영이 엄마가 이야기한 적이 있었다. 할아버지 말대로 순하디순해 빠진 아빠는 엄마를 예뻐했다. 스무 살이나 어린 엄마를 아기 돌보듯 아끼고 귀하게 여겼다고 하니 할아버지가 샘내고 심술을 부린 것은 당연한 일인지도 몰랐다. 할아버지의 온갖 구박에도 엄마가 견딜 수 있었던 것은 아빠에게 받은 사랑 때문이었다.

"동훈, 아빠는 좋은 사람이에요. 하늘에서 동훈이를 지켜줄 거예요."

내가 묻지 않아도 엄마는 가끔 아빠 이야기를 했다. 아빠는 어디를 가든 엄마를 데리고 다녔다고 한다. 어쩌다 혼자서 시내에 나갔다 돌아올 때면 엄마가 좋아하는 단팥빵 사 오는 것을 잊지 않았고, 꽃을 좋아하는 엄마를 위해 집 마당에 작은 꽃밭을 만들어 주었다.

찢어진 입술을 손끝으로 더듬거리며 꽃밭을 바라보았다. 지금은 꽃보다 풀이 많아 작은 숲처럼 되어 버렸지만, 어릴 적 엄마와 함께 흙장난하던 때를 떠올리면 가슴에서 배꼽으로 뜨거운 김이 지나가곤 한다. 탕, 탕, 할아버지가 지팡이로 대문을 요란스럽게 두드리며 들어왔다. 방으로 들어가려고 돌아서는데 벼락같은 고함이 뒤통수에 날아와 박혔다.

"굶겨 죽일 거냐? 아침도 못 먹었는데 여태 저녁밥도 안 하고 뭐 혀?"

"노인정에서 밥도 안 줘요?"

"내가 노인정서 밥 먹는 것 봤냐? 딴소리 말고 어여 김밥이나 싸."

할아버지는 지팡이로 꽃밭을 쿡쿡 찌르며 김밥을 싸라고 난리였다. 김밥이라면 자다가도 벌떡벌떡 일어나는 어른은 우리 할아버지밖에 없을 것 같다. 웬만한 노인들은 목이 멘다고 김밥을 멀리한다는데 우리 할아버지가 이렇게 별스럽다. 안 씨네 유전인지 아빠도 김밥을 좋아했다고 한다. 아빠는 엄마에게 한국 음식 하는 법을 알려 주었는데 그중에 가장 공들여 가르친 것이 김밥이었다. 엄마는 안 씨도 아니고 한국 사람도 아니지만 당연히 김밥을 좋아하게 되었고 안 씨 집안 누구보다 김밥을 맛있게 만들었다. 아빠가 돌아가시고 엄마가 아빠를 기억하는 방법으로 시작한 것이 김밥 싸는 일이었다. 아빠는 엄마를 위해 김밥 만드는 법을 방 벽에 붙여 두었다.

《우리 집 김밥 만들기》

재료: 두 번 구운 김밥용 김 10장, 햄, 갖가지 채소(색깔별로 준비), 달걀 5알, 소금, 식용유, 참기름, 깨소금, 검은 통깨

1. 김밥에 넣을 밥은 적당히 지룩하게 짓습니다.
   (이것이 우리 집 김밥 맛의 비결 하나!)
   *사 먹는 김밥처럼 고슬고슬해서는 그 맛을 살릴 수 없음.
2. 햄은 뜨거운 물에 데쳐 건진 다음 채 썰어 둡니다.

3. 채소는 어떤 것이든 상관없습니다.
   (단, 노랑, 검정, 빨강, 초록의 색을 낼 수 있는 채소여야 합니다.)

4. 노랑 단무지와 검정 우엉은 손으로 꼭 짜서 물기를 빼 둡니다.

5. 빨강 당근은 채 썰어 소금 한 꼬집 뿌리고 기름 조금 두른 프라이팬에 볶습니다.

6. 초록 오이는 채 썰어 소금 두 꼬집 넣고 절였다가 물기를 꼭 짜 둡니다.

7. 달걀은 흰자 노른자 구별하지 않고 지단을 부쳐 채 썰어 둡니다.

8. 준비해 둔 김밥 속 재료를 모두 잘게 다집니다. 신나게 칼질합니다. (우리 집 김밥 맛의 비결 둘!)

9. 밥이 다 되면 식기 전에 소금 서너 꼬집 넣어서 간을 하고 참기름과 검은 통깨를 듬뿍 넣어 섞어 줍니다.

10. 잘게 다진 속 재료와 밥을 넓은 그릇에 넣고 마구마구 골고루 비벼 줍니다.

11. 김 위에 10번에서 만든 밥을 넓게 펴고 돌돌 말아 줍니다.

12. 한입 크기보다 조금 작게 썰어줍니다.

13. (진짜 중요한 비결 셋!) 자른 김밥을 동그란 접시에 켜켜이 쌓아 올립니다.

짜자잔~ 우리 집 꽃 김밥 완성입니다.

엄마 말에 의하면 이렇게 만든 김밥을 접시에 올리면 꽃처럼 보인다고 하는데 솔직히 난 모르겠다. 이 레시피도 별로다. 유치한 건 둘째고, 지룩하게는 애매하기 짝이 없는 표현인 데다 소금 한 꼬집, 두 꼬집은 얼마나 비과학적이고 어려운 말인가. 엄마의 한국어 실력을 높여 주고 싶은 아빠의 의도였다는 점에서는 꽤 성공했지만 김밥 하나 만들자고 이런 수고를 한다는 건 좀 오버라고 생각한다. 그런데 정말 신기한 건 우리 집 김밥은 세상 어느 김밥보다 맛있다는 사실이다. 동네에서 우리 집 김밥을 안 먹어 본 사람은 없다. 대놓고 김밥 좀 만들어 달라고 하거나 엄마를 꼬드겨서 함께 김밥 장사를 해 보는 게 어떻겠냐고 바람을 넣는 사람도 있었다.

"팔지 않아요. 그냥 드세요."

엄마의 대답은 늘 같았다. 그럴 때면 엄마는

순하게 웃었다.

한 번도 본 적은 없지만 어쩌면 할아버지가 만들었고, 아빠가 만들었고, 엄마가 만들던 김밥을 이제는 내가 만든다. 벽에 붙은 레시피를 보지 않아도 엄마 못지않게 잘 만들 수 있지만 그래도 나는 하나하나 레시피를 읽으며 순서에 맞게 김밥을 싼다. 그래야만 우리 집 김밥 맛이 나니까. 코팅해서 붙여둔 김밥 레시피 위로 오렌지색 전등 빛이 반사되어 반질반질 빛이 났다.

"너는 왜 그렇게 시원찮으냐? 내가 동네 창피해서 다닐 수가 없다. 허구한 날 얻어터지는 거 말고 니놈이 잘하는 게 뭐가 있냐?"

김밥을 싸서 할아버지 방으로 들어갔는데 대뜸 잔소리부터 날아왔다. 할아버지와 같은 공간에 있다는 것은 먼 은하계로 쏘아 올린 고장 난 우주선 안에서 조금씩 줄어드는 공기를 아껴 마시며 견뎌야 하는 고통 같은 것이다. 가슴이 죄어오는 불안함과 불쾌함 같은 것이라고 할까. 나는 할아버지 눈을 피해 상을 내려놓고 밖으로 나왔다. 가로등 불빛 아래 흰 꽃잎이 눈송이처럼 둥둥 떠 있었다. 깊게 숨을 들이마시자 뱃가죽이 땅기며 아팠다. 천천히 걸었다.

  밥을 반 공기만 먹어도 배가 불러 힘들다던 엄마에게 일이 생긴 건 꼭 1년 전 이맘때였다. 조금 까무잡잡하지만 윤기가 나던 엄마 얼굴이 점점 흙색으로 변하고 밭에 풀을 뽑는 작은 일조차 힘들어하자, 준영 엄마는 시내 병원으로 엄마를 데려갔다. 건강검진 결과 췌장암이었다. 우리 몸 어디에 췌장이 있는지 무슨 일을 하는지 알 수 없었지만 그곳에 암이 자란다는 것은 무서운 일이었다. 엄마는 물만 마셔도 토했고 나를 간지럼 태우던 손가락도 금방 부서질 것처럼 야위어 갔다.

  엄마가 입원한 후로 나는 아예 짐을 싸서 병원으로 들어갔다. 엄마 몫으로 나오는 밥을 먹고 엄마 침대 옆 간이침대에서 자고 아침이면 학교에 갔다. 엄마와 나에게 시간이 많지 않다는 걸 나는 알고 있었다. 우리는 가끔 병원 뒤편으로 산책을 하고 벤치에 앉아 해가 지는 것을 바라보았다. 그럴 때면 땀이 나도록 서로 손을 꼭 잡고 있었다. 그때 엄마와 함께 보았던 노을 풍경은 내 마음 깊은 곳에 있다가 한 번씩 불쑥불쑥 눈앞에 떠오른다. 겨울 나뭇가지처럼 마른 엄마 등에 손을 얹으면 가루가 될 것 같아 마음대로 엄마를 안아 주지 못했다. 풍선처럼 부풀어 오른 엄마 다리를 주무를 땐 그 위로 눈물이 떨어질까 봐 코를 훌쩍였다.

어느 밤이었다. 엄마와 함께 하늘로 오르다가 엄마 손을 놓치고 울다 잠에서 깼다. 창틀이 바람에 덜컹거렸다. 나뭇가지가 이리저리 흔들리고 하늘에는 별이 환하게 피어 쏟아져 내릴 것 같았다. 나도 모르게 탄성이 나왔다. 한때 엄마와 아빠가 정성을 쏟았던 우리 집 꽃밭도 이렇게 아름다웠겠지, 생각했다. 엄마에게 보여 주고 싶었다. 엄마 손을 가만히 잡았다. 엄마는 금세 눈을 뜨더니 또 웃었다. 눈이 반달이 되고 입이 커지도록 활짝 웃었지만 소리는 나지 않았다.

"엄마, 별 좀 봐."

"예쁘네. 동훈이처럼 예뻐."

"남자한텐 예쁘다고 하는 게 아니지."

"동훈, 엄마가 미안해요."

"그런 말 듣기 싫다고 했잖아."

퉁명스럽게 쏘아붙였다. 엄마가 내 손을 끌어다 쥐고 말을 이어갔다.

"동훈, 엄마는 동훈이 걱정 안 해요. 우리 아들 씩씩하니까. 하지만 할아버지는 어쩌지? 동훈이가 할아버지 김밥도 싸 드리고 잘 돌봐드릴 수 있지?"

"아, 내가 왜 그걸 하냐구!"

"동훈이 할아버지니까."

"나를 손자로 생각도 안 하는데 내가 왜?"

"동훈이는 할아버지 손자 맞아요. 동훈이는 누가 뭐래도 한국 사람이란 걸 잊으면 안 돼."

"알았어, 알았다구!"

너무 화를 낸 것 같아 목소리를 누그러뜨리며 엄마에게 물었다.

"엄마, 왜 우리 집 김밥은 다른 김밥이랑 달라?"

그때 왜 그런 엉뚱한 질문이 생각났는지 알 수 없었다.

"아빠가 그랬어요. 여러 가지 다른 색을 조화있게 섞으면 아름다운 무엇이 된다고. 우리 집 김밥처럼 말이야. 세상에 미운 색도 없고 쓸모없는 색도 없다고 했지. 엄마는 캄보디아 사람이고 아빠는 한국 사람이지만 서로 색만 다른 거라고 했어. 그래서 잘 어울려 살 수 있다고."

엄마가 잠시 숨을 고르고 물을 마셨다.

"엄마, 그만 얘기 해."

더 듣지 않아도 엄마 마음을 알 것 같았다. 내가 기죽지 않고 당당하게 살기를 바란다는 말이었다. 할아버지 말대로 내가 캄보디아 사람도, 한국 사람도 아닌 반쪽이어도 괜찮다는 말을 하는 것이었다.

그리고 며칠 후 엄마는 떠났다. 벚꽃잎처럼 가벼운 몸이 되어 하늘로 가 버렸다. 나는 생각보다 잘 견뎠다. 엄마가 없다는 사실을 견뎠을 뿐이지 할아버지와의 관계는 더 어색해져 버렸다. 웬일인지 할아버지는 엄마가 돌아가신 후 화를 내지 않았다. 말도 없어지고 전처럼 많이 먹지도 않았다. 아예 나에게 말도 걸지 않고 마치 없는 사람 취급을 했다. 우리는 싸우거나 서로 미워하는 편이 자연스러웠고 오히려 편했다. 24시간 티브이가 켜진 방 안에 누워 꼼짝도 안 하는 날들이 이어져 준영이 엄마가 걱정했었다. 저러다 줄초상 치르는 것 아니냐. 하지만 두 달이 채 안 되어 할아버지는 자리에서 일어났고 아무 일도 없었다는 듯 다시 김밥을 찾았다.

"…김밥 하나는 잘 쌌지."

내가 만든 형편없는 김밥을 바라보며 할아버지가 중얼거렸다.

걷다 보니 학교 운동장이었다. 멀리 개 짖는 소리만 아니라면 어둠에 싸여 커다란 몸을 웅크리고 서 있는 교실 건물들은 영락없는 우주선 같았다. 지구에서 쫓겨 나와 우주 고아가 된 나는 지구의 시간이 백 년쯤 지난 후에나 다시 그곳으로 갈 수 있을 것이라는 저주를 받은 느낌이 들었다. '어서 이곳에서 탈출해야 한다.' 나는 혼자 중얼거리다가 어제부터 꺼 두었던 전화기를 켰다. 준영에게서 전화에 카톡에 문자까지 수십 번 연락이 와 있었다. 어제 학교 뒷산 사건 이후 만나지 못했으니 지금쯤 준영은 궁금해 죽기 직전일 거다. 카톡으로 준영을 불렀다. 10분도 안 돼서 교문으로 들어서는 준영이 보였다. 보나 마나 숨을 헐떡이며 달려왔을 것이다. 한 번도 준영에게 말한 적은 없지만 나는 저 녀석이 아주 맘에 든다. 준영이 우리 학교 야구부 4번 타자라는 것만 빼면 말이다.

"안동훈, 너 진짜 그러기냐?"

"야, 너는 뛰는 거나 걷는 거나 똑같어. 걍 걸어라. 힘들이지 말고. 서울 고모네는 잘 다녀왔냐?"

준영은 물음에 대답하는 대신 땀으로 번들거리는 얼굴로 내 몸을 이리저리 훑었다.

"많이 다친 건 아니지? 하, 내가 있었어야 하는 건데."

"됐고, 어제 코치 샘이 나 안 찾던?"

"꿈 깨라. 니가 뭐라고 너를 찾냐, 인마."

말은 그렇게 해도 내가 야구부에 들어갈 수 있게 손을 쓴 것은 바로 이 녀석이었다. 중학교에 입학하면서 야구부에 들어가고 싶어 야구부 연습장을 기웃거렸다. 멀리 날아간 공을 주워다 줄 땐 일부러 더 빨리 뛰었고 다른 학교와 시합이라도 있는 날에는 빠지지 않고 찾아가 목이 터져라 응원하면서 코치 샘 앞에 알짱거렸다. 하지만 키가 작고 마른 나를 ― 할아버지는 이것도 엄마를 닮아서라며 못마땅

해했다. ─ 코치 샘은 거들떠보지도 않았다. 나는 좀 억울했다. 테스트도 안 해 보고 나를 우습게 여기는 코치 샘, 선수 보는 눈이 저렇게 없을까. 내가 비록 홈런이나 장타는 못 쳐도 달리기를 잘하니까 어디든 써먹을 수 있다는 걸 왜 모르는 걸까. 내 실력을 보여 줄 기회가 오기만을 벼르고 있었는데 그 기회는 정말 엉뚱한 곳에서 왔다.

엄마가 아프기 두 달 전이었다. 엄마는 그날도 김밥 도시락을 가방에 넣어 주었다. 점심은 학교 급식에서 해결하면 되고 학원도 안 다니니까 그럴 필요 없다고 해도 엄마는 매번 김밥을 쌌다. 그 김밥은 대부분 준영이가 해결했었다. 준영이 배가 저렇게 불룩한 데는 우리 집 김밥도 한몫했을 거라고 준영이 엄마도 인정했으니까. 운동장 구석에 앉아 야구부 연습을 보고 있는데 준영이 다가왔다.

"안동훈, 너 김밥 좀 꺼내 봐."

"없어, 인마."

"뻥 치지 말고 가방 이리 줘 봐."

준영이 가방을 낚아채더니 도시락을 꺼내며 말했다.

"안동훈, 너 여기서 잠깐 기다려 봐. 나한테 좋은 수가 있어. 꼼짝 말고 있어!"

준영이 김밥 도시락을 들고 야구부 연습장으로 뛰어갔다. 웬만해선 안 뛰는 녀석인데 뭐가 좋은지 허둥대기까지 했다. 준영이 사라진 운동장에 흙먼지가 피어올랐다.

잠시 후 준영이 빈 도시락통을 들고 히죽거리며 나타났다.

"야, 안동훈! 너 이제 야구부다."

"뭐래?"

"이 형아가 너 야구부에 넣어 줬다구 짜샤."

"…."

"내일부터 연습하러 오란다. 코치 샘이. 그리고 니네 김밥 죽인다고 하더라. 히히."

그러니까 코치 샘에게 우리 엄마 김밥을 바치고 그 대가로 나는 야구부원이 된다는 말이었다. 어이없다. 고작 김밥이 야구부 입단 조건이었다니. 무엇보다 자존심이 상했다. 내 실력으로 당당히 들어갈 수 있었는데. 하지만 실력 없는 야구부가 되었건, 내 자존심이 땅바닥을 기어다니건 말건 따질 상황이 아니었다.

야구부원이 되었지만, 팀에서 내 포지션은 없었다. 어정쩡한 반쪽이 처지에 익숙해 있던 나는 해야 할 일을 정확하게 알고 있었다. 시키지 않아도 주전자에 물이 떨어지지 않게 채워 놓았으며 쉬는 시간이면 방망이를 가슴에 안고 열심히 닦아 벽에 나란히 세워 두었다. 공을 주우려고 운동장을 이리저리 뛰어다닌 덕분에 달리기 실력은 더 좋아졌다.

어쩌다 다른 학교와 시합이 있을 때면 가끔 대주자로 투입되어 도루를 했다. 성공 반 실패 반이 대부분이었지만 나의 달리기 실력이 발휘되는 순간들이었다. 정말 드물게 대타로 나와 희생 번트를 날려 팀을 구하고 멋지게 죽는 역할도 내 몫이었다. 그리고 엄마는 더 자주 김밥을 쌌다. 코치 샘은 엄마 김밥을 유별나게 좋아했는데 엄마 김밥을 보파김밥이라고 불러 준 것도 야구부 샘이었다.

준영이는 내게 야구부 입단 기념으로 자기가 쓰던 나무 야구방망이를 주었다. 초등학교 때 쓰던 것이라 여기저기 상처가 있었지만 길이 잘 들어 있었고 무엇보다 내 방망이가 처음으로 생겼다는 게 기뻤다. 나는 할아버지에게 들키지 않게 조심하면서 밤마다 방망이를 반짝반짝 윤이 나게 닦았다. 반드시 이 야구방망이로 내 실력을 보여 주겠다는 각오로 배팅 연습을 했다. 언젠가는 홈런을 한번 치고야 말 것이다. 누구보다 나를 못 알아봐 주는 할아버지가 보는 앞에서 멋지게 공을 날려 멀리멀리 보내 버리고야 말겠다. 공이 담을 넘어갈 때 베이스를 돌아 홈에 들어오면서 주먹으로 가슴을 탁탁 두들기고 하늘을 향해 손가락 키스를 날려 버리겠다. 나의 영원한 영웅 앤디 마르테가 했던 것처럼.

별이 빽빽하게 떠 있는 하늘을 올려다보며 손가락 키스를 해 보았다. 준영이 옆에서 킥킥거리다가 갑자기 생각난 듯 호들갑을 떨었다.
"아, 참! 이거 비밀인데, 어제 코치 샘 얘기하는 거 들으니까 너, 내일 연습 때 테이블 세터로 내보낼 거 같더라."
갑자기 별 하나가 머리 위로 뚝 떨어졌는지 눈앞이 번쩍거렸다.
"레알? 김준영, 너 뻥치는 거 아니지?"

"야, 야, 진정해라 안동훈. 그럴 수도 있다는 거니까 너무 나대지 마. 그럼 내일 너 김밥 싸야 하는 건가? 히히."

준영이 무슨 말을 해도 내 귀에 들어오지 않았다. 입단 일 년 반 만에 드디어 정규 엔트리에 들어갈 수도 있다는데 좀 나대면 어때. 문제는 유니폼이었다. 코치 샘은 벌써부터 유니폼을 준비하라고 했는데 이런저런 핑계를 대며 미루고 있었다. 준영과 헤어지고 집으로 돌아와 누웠지만 잠이 오지 않았다. 할아버지 방에서 새어 나온 티브이 불빛이 마루를 건너 내 방문 앞에서 일렁거렸다.

망설이다가 할아버지 방으로 들어갔다. 티브이에서는 화려한 옷을 입은 여자들이 지금 당장 여행을 떠나지 않으면 큰일이라도 날 것처럼 목소리를 높이며 해외여행 상품을 홍보하고 있었다. 벽을 보고 돌아누운 할아버지가 코를 골 때마다 굽은 어깨가 오르락내리락했다.

"자요?"

못 들은 건지 잠을 자는 건지 꼼짝도 안 했다.

"할아버지!"

"뭐여?"

할아버지는 고개를 들더니 먼 데를 다녀온 사람처럼 눈을 끔벅였다.

"돈 좀 줘요."

"정신 나간 놈이 뭐라는 겨?"

"야구부에서 나만 유니폼이 없어요."

"아주 지랄을 허네. 이놈이!"

눈을 번득이던 할아버지가 벌떡 일어나 밖으로 나갔다. 다시 들어왔을 때는 손에 야구방망이가 들려 있었다. 아차 싶었다. 도망치려고 돌아서는데 할아버지 손이 한발 빠르게 등짝을 후려쳤다.

"나한테 왜 이러는데! 씨발."

할아버지 손을 낚아채서 거세게 밀쳤다. 할아버지가 방바닥에 나동그라졌다. 야구방망이가 방문에 부딪혀 튀어 올랐다. 순식간이었다. 목덜미로 끈끈한 것이 흘러내렸다. 손으로 뒤통수를 더듬었다. 손바닥이 피로 범벅되었다. 야구방망이를 들어 방바닥을 내리쳤다. 가슴이 튀어나올 듯 벌렁거렸다. 할아버지는 자신이 무슨 일을 했는지 모르는 것처럼 멍한 눈이 되어 나를 올려다보았다. 눈은 나를 향해 있었지만 내 뒤쪽 더 먼 곳을 보고 있는 것처럼 초점이 없었다. 야구방망이를 걷어차고 밖으로 나왔다. 달이 밝아 대낮처럼 환한 길을 있는 힘껏 달렸다. 다리가 생각만큼 빨리 움직여지지 않았다.

한밤중 운동장엔 서늘한 바람이 불었다. 울타리 밑 벤치에 누우니 하늘이 한눈에 들어왔다. 별들이 사탕처럼 반짝였다. 어느 별 하나가 떨어져 눈으로 들어갔는지 눈이 따끔거렸다. 별빛을 피해 옆으로 누웠다. 뒤통수가 화끈거리고 갈비뼈가 욱신욱신했다. 엄마는 아빠와 함께 저 하늘 어딘가에서 나를 보고 있으려나. 나는 언제쯤 엄마 아빠 곁에 갈 수 있을까, 설마 할아버지가 먼저 간 건 아니겠지…. 이런저런 생각에 잠도 오지 않았다.

어깨가 축축해 눈을 뜨니 어느새 아침이었다. 애들이 몰려들기 전에 일어나야 했다. 어디로 가야 하나. 만일 할아버지가 죽었다면? 경찰이 잡으러 올지도 모른다. 도망을 가야 할까, 그때 카톡이 울렸다. 가슴이 쪼였다.

-어디?

-넌?

-니네 집이지. 벌써 학교냐?

-아니

-어딘데?

-모름

-뭐래? 일단 학교서 보자

-할아버지 봤어?

-보진 못하고. 너 부르니까 없다고 ㅋ 목소리 별로 ㅋㅋ

-ㅇㅋ


할아버지가 엄마 아빠를 만나러 간 건 아닌 것 같았다. 운동장을 나와 뒷산으로 올라갔다. 나무 사이로 따뜻한 볕이 드는 자리를 골라 누웠다. 부드러운 바람이 가슴으로 지나갔다. 엄마가 그랬던 것처럼 아픈 배를 살살 문질러 주는 것 같았다. 등교하는 아이들의 왁자한 소리가 들리는가 싶더니 점점 가물가물해졌다.

카톡, 카톡, 언제나 나의 잠을 방해하는 것은

휴대전화였고 그 대부분, 아니 전부가 준영이에게서 온 문자였다. 30개나 되는 문자가 나름 다급한 이모티콘과 함께 와 있었다. 화를 내는 이미지도 있었는데 준영이와 어울리지 않아 웃음이 났다. 11시, 3교시가 시작될 시간이다. 휴대전화를 주머니에 넣고 점심시간까지 잠을 좀 더 잘 생각이었다. 그때 산 아래에서 부르는 소리가 들렸다.

"안동훈! 너 거기 있는 거 맞지?"

준영이가 나를 너무 많이 알고 있다는 생각이 들자, 엄마가 떠올랐다. 엄마만큼 나에 대해 잘 아는 사람이 곁에 있다는 것은 꽤 기분이 괜찮은 일이었다. 준영이가 헐떡이며 올라왔다. 셔츠가 땀에 젖어 살집 있는 몸에 들러붙어 있었다. 어지간히 뛴 모양이었다.

"안 죽었다. 호들갑 좀 떨지 마."

"야, 이 새꺄, 놀랬잖아."

진심으로 걱정하는 얼굴이었다. 저럴 땐 준영이가 꽤 귀엽기도 하다. 우리는 오후 수업도 빼먹고 해가 질 때까지 앉아 있었다. 준영은 무슨 일이 있었는지 묻는 대신 민철이 이야기를 들려주었다. 그 사건

이후로 민철이는 나를 투명 인간 취급하겠다고 선언했다는 것이다. 어떻게 했길래 그 독한 민철이가 순순히 물러났느냐고 준영이 물었을 때, 나는 그냥 웃었다. 귀찮은 놈이 더 이상 내 인생에 관여하지 않겠다고 했다니 막힌 속이 뻥 뚫리는 것 같았다.

"우리 할아버지 아픈 거 같든?"

"아니, 별로."

안심이 되면서도 괜히 억울했다.

"근데 좀 이상하긴 하더라."

"뭐가?"

"너 찾아서 밥 좀 먹이래. 크크."

"뻥치지 마라."

"야, 나도 깜놀했잖아."

"할아버지가 배고파서 그런 건 아니고?"

"걱정하는 것 같기도 하구… 암튼 그 말을 듣는데 내 맘이 괜히 찌르르하더라."

"시끄럽고, 야구나 하러 가자. 샘이 기다리겠다."

"그 꼴로 괜찮겠어?"

"내가 뭐? 오늘 테이블 세터로 첫 등장 하시는데 이 정도면 됐지."

나는 바짓가랑이에 묻은 흙을 손으로 털어내며 숨을 크게 내쉬었다.

기대와 달리 나는 경기에 출전할 수 없었다. 유니폼을 입지 않았다는 이유였다. 애초에 유니폼을 반드시 입어야 한다는 조건은 없지 않았냐고 따져 물었지만, 샘은 기본이 안 된 선수가 경기를 잘할 확률은 없다고 냉정하게 말했다. 유니폼을 입었더라도 지금의 몸 상태로는 제대로 실력을 발휘할 수 없을 거라는 사실을 누구보다 잘 알고 있었지만 모처럼 얻은 기회를 날린 게 너무도 아쉬웠다. 이게 다 할아버지 때문이라는 생각이 들자 견딜 수 없이 화가 났다. 연습 경기가 한창이었지만 오늘만큼은 남아서 뒤치다꺼리를 하고 싶지 않았다. 소매를 잡아당기는 준영을 뿌리치고 운동장을 나왔다. 앞산 꼭대기에 반쯤 걸린 해가 꼴까닥 가쁜 숨을 쉬듯 출렁거렸다.

아직 기회는 있다. 할아버지가 살아 있고, 나는 건강하니까 집을 나가면 되는 일이다. 왜 여태 그 생각을 못 했는지 새삼 놀라웠다. 토종이 아니라고 폭력을 쓰는 민철이 같은 애들은 열 명이 한 번에

덤빈대도 이겨낼 수 있다. 나를 힘 빠지게 하는 건 할아버지였다. 할아버지를 잘 돌봐드리라던 엄마의 유언을 지키지 못하는 게 미안하지만, 돌본다는 말은 사랑을 준다는 말과 같은 게 아닌가 말이다. 엄마가 나를 돌보고, 꽃밭을 돌봤던 건 마음 깊은 곳에 사랑이 있어서였다. 나는 할아버지를 사랑하지 않는다. 앞으로도 사랑할 자신이 없다. 할아버지 역시 나를 사랑할 마음은 없어 보인다. 그래서 떠나야 한다. 걸음이 바빠졌다.

대문이 활짝 열려 있었다. 우리 집인데 우리 집 같지 않았다. 겨우내 죽은 풀이 무성하던 엄마의 꽃밭이 말끔하게 정리되어 있었다. 안쪽에서 달큼한 향기가 나는 것도 같았다. 할아버지 방에는 티브이 대신 전등불이 켜져 있었다. 조금 당황스러웠다. 잠시 서서 환해진 마당과 꽃밭을 둘러보다가 곧바로 내 방으로 들어갔다. 새삼스럽게 쌀 짐도 옷도 없었다. 책이랑 속옷을 가방에 구겨 넣고 할아버지 방문 앞에 섰다. 의논이나 허락 따윈 필요하지 않았다. 어떤 결론을 내려야 할 일이 생겼을 때 단 한 번도 머리를 맞대고 서로의 생각을 물은 적이 없었고, 들을 마음도 없었기 때문에 독립하겠다고 통보하는 절차는 간편할 것이었다. 방문을 열었을 때 얼굴 위로 쏟아진 형광등 불빛이 어색해 눈이 저절로 찌푸려졌다.

"잠은 집에 와 자야지, 어딜 싸돌아댕기다 이제 오는 겨?"

분명 야단치는 소리였는데 이상하게 따스하게 들렸다. 달콤하고 고소한 향기가 기다렸다는 듯 달려들었다. 바짝 긴장했던 몸에서 스르르 힘이 빠져나갔다.

"이게, 이게 다 뭐예요?"

"보면 몰러?"

"할아버지가 이걸 쌌어요?"

"그럼 누가 했겠냐? 내가 너보담 훨 낫다."

귀퉁이에 칠이 벗겨진 네모난 밥상에 김밥 한 접시가 놓여 있었다. 엄마의 꽃밭에서 봤던 색색의 작은 꽃잎 같은 김밥이 가지런했다.

"흠흠."

할아버지는 헛기침을 하다가, 수염을 쓰다듬

다가, 곁눈으로 슬금슬금 내 뒤통수를 훔쳐보았다. 나는 눈을 동그랗게 뜨고 할아버지를 오래 들여다보았다.

푸른
옷소매

 부여 톨게이트를 빠져나오자 차가 눈에 띄게 줄었다. 빈 들판에 새들이 날아와 앉았다. 창문을 조금 내렸다. 작은 틈으로 바람이 밀려 들어왔다. 살 것 같았다. 꽉 막힌 도로에서 4시간은 무리였다. 속이 울렁거리고 머리가 지끈거리던 참이었다. 기영은 갑자기 불어온 찬바람에 신경이 쓰였는지 룸미러로 뒷좌석의 영후를 바라보았다. 차가 출발하면서부터 잠에 떨어진 영후가 가늘게 코를 골았다.

"애 담요라도 덮어 줘야 하는 거 아닌가?"

"이 정돈 괜찮아. 영후도 답답했을 거야."

"자기 힘들었구나. 그래도 좀 덮어 줘. 감기 무서워."

기영은 자기주장이 강한 사람이 아니었다. 늘 물처럼 굴었기 때문에 존재감이 특별하다거나 눈에 띄는 인물은 더욱 아니었다. 남자랍시고 어깨에 힘주며 허세를 부리지 않았는데 그런 면은 그를 지적이고 사색적으로 보이게 했다. 하지만 영후 일이라면 달랐다. 그런 기영을 보며 나는 중병이라고 핀잔을 주곤 했다. 담요를 끌어 영후를 덮어 주었다. 장시간 운전에 싫증이 났을 법도 한데 기영은 껌을 씹으며 라디오에서 흘러나오는 올드팝을 따라 흥얼거리고 있었다. 핸들에 올려 둔 손가락을 까딱거리는 모양이 여행길에 나선 사람처럼 들떠 보였다. 부드러운 곡선을 지으며 돌출된 그의 콧방울은 사람의 마음을 안정시켰다. 동글동글 잘생긴 코에 비해 눈이 작다는 것이 흠이라면 흠일까. 그래도 요 며칠 예민해져 까탈스럽게 쏘아대던 나를 무던하게 눈감아 준 것이나 아버지에게 다녀와야겠다는 말에

선뜻 따라나서 준 그가 새삼 고마웠다. 3월이었지만 봄이 올 것 같지 않은 날들이 계속되었다. 엊그제는 철 늦은 눈이 흩날리기도 해서 출산을 앞두고 먼 거리를 움직이는 일이 괜찮은 것인지 고민했다. 당분간은 못 내려올 것 같아 길을 나섰는데 멀미를 제외하면 잘했다는 생각이 들었다.

부여 외곽에 있는 아버지 집은 30여 분을 더 가야 한다. 5년 전 퇴직한 아버지는 엄마의 평소 원대로 이곳에 자리를 잡았다. 엄마는 농가를 사들여 공을 들이고 돈을 들였다. 울타리 대신 심을 남천을 구하려고 2시간 거리의 옆 도시에 직접 다녀온다거나 창틀의 마감재를 고르는 일에도 며칠씩 생각하고 고민했다. 해가 지는 풍경을 잘 보려면 부엌 창을 얼마큼 크게 해야 하는지 세심하게 신경 썼다. 힘쓰는 일을 빼면 자잘하고 세심한 집 안팎의 인테리어는 엄마 손을 안 거친 곳이 없는, 그야말로 엄마가 새로 지은 집이나 마찬가지였다. 여생의 숙제인 듯 엄마는 시골집 수리하는 데 매달렸다. 그리고 6개월 전, 엄마의 병이 깊어져 더 이상 손을 쓸 수 없다는 의사의 말을 들었을 때 아버지는 애꿎은

집 대문을 발로 차며 흐느꼈다.

"이 집 때문이었어. 이 집. 이 집만 아니었어도…."

그것은 집 때문도 아버지 때문도 아니었다는 걸 모를 리 없었지만, 그때 아버지는 엄마 병의 원인을 그 누구에게서든 찾으려고 했었다.

왕복 사 차선으로 정비되기 전 이 길은 운치가 있었다. 낮은 언덕을 돌며 구불구불 이어진 길옆으로 사철마다 다른 꽃이 피고 졌으며 겨울이면 앙상한 나뭇가지조차 아련한 분위기를 만들어 엄마를 사로잡았다. 엄마는 오솔길을 좋아했다. 모퉁이를 돌 때마다 설렌다고 아이처럼 웃던 엄마 모습이 지금은 사라진 산길을 따라 흩어졌다. 잠에서 깬 영후가 칭얼대자 기영은 유기농 요구르트에 빨대를 꽂아 아이에게 건넸다. 차 안에 금세 선선한 공기가 돌았다. 창문을 올리고 아버지에게 전화를 걸었다. 미리 연락하지 않았기에 아버지가 집에 없을지도 몰랐다. 통화 연결음이 길게 이어진 끝에 전화를 받을 수 없다는 기계 목소리가 흘러나왔다. 종료 버튼을 거칠게 누르고 창밖으로 눈을 돌렸다. 비행기가 지나간 하늘에 두 줄의 비행운 자국이 선명했다.

"전화기를 두고 텃밭에라도 나가셨나 보지."

기영이 내 눈치를 살피며 말했다.

"그렇게 얘기를 해도 왜 안 들으시는지 모르겠어. 전화기는 항상 챙기라고 했건만."

평소에도 전화를 잘 받지 않는 아버지와 자잘한 신경전이 오고 가는 것을 잘 아는 기영이었다. 엄마를 놓친 후부터 아버지는 어린아이가 된 것 같았다. 끼니때마다 전화를 걸어 멸치볶음과 콩자반은 냉장고 두 번째 칸에 있다, 물김치는 조금씩 떠서 먹고 치워야 상하지 않는다, 따위의 잔소리를 해야만 했는데 매번 생경하다는 듯 되묻곤 했다. 머릿속에 논리나 이성이 남아 있지 않은 사람처럼 무력하고 어눌했다. 서기관으로 퇴직하던 무렵의 날렵하고 영민한 아버지 모습은 찾아볼 수 없었다.

아버지는 밭에 나가지 않았다. 좁은 방 한가운데 석고상처럼 앉아 갑자기 들이닥친 우리를 멍하니 바라만 볼 뿐이었다. 아버지가 앉은 주위로 새 둥지만 한 공간이 겨우 있을 뿐 방 안은 도둑맞은 것처럼 어지러웠다. 아버지는 쓰레기 처리장 안에서 유일하게 살아 움직이는 동물처럼 꿈지럭, 엉덩이를 들고 간신히 일어났다. 방 안 먼지가 덩달아 따라 올라 어지럽게 부유했다. 아버지는 낯선 사람을 대하듯 불안하게 눈동자를 굴렸다. 이불 뭉치를 구석으로 밀며 자네 왔는가, 라고 했는데 아버지의 말에는 높낮이가 없었고 물기는 더욱 없어 단어가 허공에서 부서졌다. 기영이 이불을 개서 장롱에 넣고 대충 앉을 자리를 만들었다. 아버지는 영후를 향해 팔을 벌렸다.

"영후야, 할애비다."

영후는 웃는 듯 찡그리는 듯 묘한 표정을 하고 내 뒤로 숨더니 이내 고개를 빼고 할아버지를 쳐다보았다. 기영이 영후를 안아 할아버지 앞으로 데려다 놓았다. 영후는 낯을 가리는 편은 아니어서 금세 할아버지 품에 안겼다. 근 두 달 만에 보는 손자가 감격스러운 아버지는 뽀얗고 보드라운 영후의 손을 가져다가 자신의 얼굴에 대고 비볐다. 얼굴이라 하기도 민망하리만큼 마른 모습이었다. 나무껍질처럼 거칠고 푸석한 흑갈색 피부 속에서 커다란 눈만 깊었다. 영후를 쓰다듬는 아버지의 앙상한 손가락이 가느다랗게 떨렸다. 거친 느낌이 따가운지 영후는 어색하게 웃으며 할아버지와 눈을 맞추었다.

복잡한 감정들이 가슴을 헤집고 지나갔다. 서울에서 장을 봐 온 반찬이며 일상용품 따위를 정리하려고 부엌으로 들어갔다. 사람의 온기가 느껴지지 않는 것은 부엌도 마찬가지였다. 어디에도 살림의 흔적은 없었다. 엄마가 애지중지했던 부엌살림들, 예쁘고 독특하게만 생겼을 뿐 실용적 기능을 하지 못하던 국자나 집게, 여행 중 틈틈이 사서 모아둔 북유럽풍의 접시들, 갖가지 모양과 색으로 반짝거리던 찻잔들은 아버지가 손수 짜 넣은 나무 선반 위에서 화석이 되어 가고 있었다. 소주병이 발에 차이고 아무렇게나 버려진 인스턴트 밥 용기나 참치 캔이 바닥에 굴러다녔다. 가스레인지 위에 놓인 양은 냄비는 뿌연 먼지로 덮여 있었다. 냉장고 안에서 깻잎장아찌는 흰 곰팡이를 피웠고 근원을 알 수 없는 퀴퀴하고 불쾌한, 음울한 냄새가 부엌을 떠다녔다. 몇 차례 헛구역질을 하고 밑반찬을 꺼내 쓰레기통에 버렸다. 냉동실에 마구잡이로 쌓인 검고 흰 비닐봉지들을 들어냈다. 베이킹파우더를 물에 희석해 냉장고를 닦았다. 그러다 나는 울고 말았다. 다리에 힘이 풀려 바닥에 풀썩 주저앉았다. 아랫배가 단단해지며 뭉근하게 통증이 왔다. 한번 시작한 눈물은 심연에 가라앉았던 오래된 감정까지 끌어올리며 멈출 줄 몰랐다. 나는 울면서도 이 눈물의 의미는 무얼까, 생각했다. 안에서 간간이 영후와 아버지의 웃음소리가 섞여 들려왔다.

벼락같은 고함이 들려온 것은 아버지가 좋아하는 김치찌개를 끓이려고 육수를 우려내려던 때였다. 아버지 목소리였지만 지금까지 한 번도 들어 본 적 없는 격앙되고 날카로운 비명과도 같은 울부짖음이었다. 놀란 영후의 울음소리가 뒤를 이었고 기영의 어수선한 음성과 허둥거리는 몸놀림 등이 느껴졌는데 이 모든 것은 찰나에 일어났다. 방 안으로 뛰어 들어갔을 때 아버지는 엎드려 울고 있었고 영후는 겁에 질려 기영 품에서 껙껙, 힘든 숨을 넘기고 있었다.

"왜 그래요?"

날카로운 고함이 튀어나왔다. 바닥에 하얀색

가루가 흩어져 있었고 아버지는 그것을 손바닥으로 훑으며 울고 있었다. 내가 기영에게 무슨 일이냐고 눈짓으로 물었고 그는 자기도 영문을 모르겠다는 답변을 역시 눈짓으로 보내왔다. 기영이 영후를 감싸안으며 밖으로 나갔다. 등을 돌리고 반쯤 누운 상태로 오열하던 아버지는 말없이 가루를 쓸어 담았다. 먼지 같은 그것을 마치 금가루 다루듯 조심스럽게 손바닥으로 쓸고 또 쓸었다. 작은 유리병 안에 가루를 붓는 아버지 손은 몹시 떨리고 있었지만 한 알도 날려 버리지 않겠다는 듯 호흡을 조절해 가며 안간힘을 썼다.

쌀가루처럼 뽀얀 그것을 보는 순간 나는 엄마, 하고 신음했다. 그것은 두 손을 가지런히 모으고 잠을 자듯 관 속에 누워 있던 엄마가 산화되어 흩뿌려진 모습, 바로 엄마의 얼굴이었다. 몸이 떨렸다. 아버지 등 뒤에 주저앉았다. 웅숭그린 등 위로 불거진 척추뼈가 위태롭게 아버지를 지탱하고 있었다. 끈적한 땀이 목을 타고 흘러내렸다. 알 수 없는 불안이 밀려와 가슴을 옥죄었다.

얼마나 시간이 흘렀을까. 방 안이 어둑해져서야

나는 정신을 차렸다.

"무슨 일이에요?"

아버지는 대답 대신 손에 쥔 유리병만 만지작거렸다. 마당 구석 배롱나무 가지에 걸쳐 있던 해가 방 안에 음영을 만들며 들판 너머로 사라지고 있었다. 아버지가 몸을 일으켜 옆방으로 건너갔다. 그 방은 엄마가 생전에 서재로 쓰던 작고 볕이 잘 드는 곳이었다.

기영과 영후가 들어왔고 우리는 김치찌개 없는 마른 저녁을 먹었다. 누구도 선뜻 이야기를 꺼내지 않았다. 기영이 틀어 둔 티브이만 홀로 집안의 적막을 깨우고 있었다. 원로 배우 가족의 일상을 담은 다큐멘터리 드라마를 아버지와 기영과 나는 기다렸다는 듯 밥을 한 술씩 입에 떠 넣을 때마다 오래도록 바라보았다.

긴 저녁 식사를 마치고 기영은 영후를 재우겠다며 방으로 들어갔고 아버지는 바람을 쐬고 싶다며 앞마당으로 나갔다. 나는 설거지를 끝내고 캐모마일 찻잎 몇 장을 다관에 넣었다. 아버지는 저녁

식사 후나 잠자리에 들기 전 캐모마일을 즐겨 마셨다. 주전자에 물을 붓고 끓이는 동안 기영과 영후의 잠자리를 보러 들어갔다.

"영후가 피곤했나 봐. 씻기자마자 곯아떨어졌어."

기영이 잠든 영후의 머릿결을 쓸어 넘기며 말했다. 목소리에 개운치 않은 여운이 돌았다. 아버지의 느닷없는 행동에 놀랐을 영후가 걱정된다는, 아버지를 이해할 수 없다는 그 나름의 섭섭함과 반감이었다.

"무슨 일이 있었던 거야?"

나는 그런 기영의 심정은 모르는 척 담담하게 물었다.

"순식간이었어. 영후가 어머니 서재에서 작은 유리병을 가지고 나왔는데 그걸 본 아버님이 불같이 화를 내신 거야. 영후 많이 놀랐을 텐데…."

기영은 영후의 이마로 코끝으로 찬찬히 손길을 옮겼다.

"가루는 왜 엎어진 건데?"

"아버님이 병을 빼앗으려다 놓치는 바람에

뚜껑이 열렸어. 아버님 아무래도 이상해. 저런 모습 처음이라 당황스럽고 무엇보다 우리 영후가 그렇게까지 야단맞을 짓을 한 건 아니잖아. 나는 좀….”

"무슨 말 하려는지 알아."

나는 기영의 말을 자르고 영후의 턱밑까지 덮어 올린 이불을 가슴께로 끌어내렸다.

"알아, 알아. 아버님 우울증세 심하시다는 거, 그래서 오늘 이렇게 왔잖아. 그래도 이건 아니지. 자기도 홀몸이 아니고… 차라리 아버님을 모시고 올라가는 건 어때?"

기영이 조심스럽게 물었다.

"그 문제는 좀 더 생각해 보자."

"자기, 아직도 아버님 때문에 어머님이 돌아가신 거라 여기는 건 아니지?"

"…차 끓였는데 마실래? 영후는 괜찮을 거야."

무슨 말인가를 하려는 기영의 말을 채 듣지 않고 방을 나왔다. 지금 그에게서 어떤 말이라도 듣게 된다면 걷잡을 수 없는 감정에 휘말려 주저앉을 것만 같았다. 캐모마일 차를 들고 다시 방으로 들어갔을 때 기영은 내 손을 끌어당겨 앉히며 어렵게 이야기를 꺼냈다.

"저기… 그 유리병 말인데… 자기… 괜찮아? 처음엔 좀 당황스러웠는데 생각해 보니 아버님 이해할 수도 있을 것 같아. 오죽했으면 그러셨을까 싶기도 하고…."

"아버지는 늘 이런 식이야. 본인 내키는 대로, 상대방 생각은 조금도 안 하잖아."

억눌러왔던 화가 치밀어 올랐다. 숨이 가빠왔다. 그동안 아버지의 성공과 안락함이 엄마의 희생을 발판으로 했다는 것을 아버지는 모르는 것일까. 그래서 죽음 후엔 훨훨 날아 어디든 갈 수 있도록 해 달라고, 한 조각도 남김없이 뿌려 달라던 엄마의 바람 같은 건 염두에도 없었다는 말인가. 둘째 아이가 태어나기 전 아버지와 화해해야겠다는, 적어도 아버지를 향했던 원망만큼은 지우고 싶었던 마음이 아득해지며 다시 아랫배가 땅겼다.

"왜? 배가 또 아픈 거야?"

기영이 재빠르게 배 위로 손을 얹었다.

"진정하고 천천히 숨을 쉬어. 그렇지! …그냥 아버님께 맡기자. 그래야 자기도 편할 것 같아."

요동치던 심장이 잦아들고 단단하게 뭉쳤던 배가 조금씩 부드러워졌다. 나는 기영을 바라보았다. 가끔 똑 부러지는 자기주장 없이 적당한 선에서 타협하려는 그가 우유부단하거나 무능한 건 아닌가 미덥지 못했다. 하지만 이것저것 따져 묻지 않고 기다리자고 나를 진정시키려 애쓰는 그가 고마웠다. 아버지에게 맡기자, 라고 유연하게 말해 주는 기영이 든든했다. 기영은 일찍 자야겠다며 누웠다. 방에 불을 끄고 찻주전자를 챙겨 마당으로 나왔다.

멀리 자동차 불빛만 간간이 지나갈 뿐 사방이 어두웠다. 그제야 맑은 하늘에 총총하게 떠 있는 별들이 눈에 들어왔다. 마당에 자리를 펴고 누워 쏟아지는 별을 향해 웃었던 지난 여름밤이 떠올랐다.

"내 생애 제일 잘한 일 중 하나는 이 집을 장만했다는 거야."

엄마는 들떠서 이야기했다. 이 집과 함께 엄마와 아버지의 인생 후반이 평안하고 행복할 거라 우리 모두 그렇게 믿고 있을 때였다. 처마 밑 전등 스위치를 올렸다. 어둠이 밀려나며 마당이 한눈에 들어왔다. 아버지는 자두나무 옆 벤치에서 캄캄한 하늘 너머 먼 곳에 눈을 둔 채 망연하게 앉아 있었다. 미동도 없이 움츠린 모습이 일부러 배치해 둔 조형물 같았다. 자두나무는 어느새 내 키만큼 자라 있었다. 가지에 '강영후'라 쓰인 이름표가 이따금 불어오는 바람에 이리저리 흔들렸다. 2년 전 영후가 태어났을 때 엄마는 기념으로 무언가 하고 싶어 했다.

"마당에 나무를 심는 건 어때?"

엄마가 낸 의견에 탐스럽고 달콤한 자두가 좋겠다는 결론을 내려 심은 나무였다. 엄마가 돌아가시기 전 몇 번이고 부탁한 그 나무, 영후의 자두나무가 아버지를 감싸듯 가지를 뻗고 있었다. 내가 다가가자 아버지는 손에 들고 있던, 불을 붙이지 않은 담배를 다시 주머니에 넣었다.

"불이라도 켜고 계시지. 어둡잖아요."

"나는 괜찮다. 영후는 잠이 들었니?"

"네. 캐모마일이에요."

차를 따라 아버지에게 건넸다. 찻잔을 받아 드는 손이 떨렸다. 아버지는 선생님에게 야단맞으러 나온 아이처럼 고개를 숙였다. 여남은 개 항아리가 옹기종기 모인 장독대 주변에 수선화 줄기가 가지런히 올라와 있었다. 얼마 지나지 않아 노란 꽃을 피워 올리면 단아한 엄마를 떠올리게 할 것이다. 울타리 삼아 돌려 심은 남천이 넓은 마당과 바깥길을 구분 짓고, 잔디와 오래된 기와지붕의 곡선이 어울릴 듯 말 듯 묘한 분위기를 지어내고 있었다. 예쁘고 정갈한 집.

"아버지, 왜 그러셨어요?"

나는 이렇게 물어 놓고 스스로 놀랐다. 어쩌면 아버지는 예상하고 있을지 모를 질문이었지만 그 시기가 지금이 맞는 건지는 나 자신도 알 수 없었기 때문이었다.

"미안하구나."

"아버진 한 번도 이유를 말씀하지 않았어요. 왜 그때 엄마 곁에 없었는지."

"곧 돌아오려고 했단다. 아니다, 엄마 소식을 듣고 당장 비행기 표를 구하려고 했지만 어쩔 수 없었지. 난 오려고 했다."

"결국은 늦게 오셨죠. 아버지가 네팔로 떠날 때는 이미 엄마 병이 위중하다는 걸 아셨잖아요. 가지 말았어야 했어요."

"난 정말이지 그럴 줄 몰랐다. 느이 엄마가 그렇게 버티지 못하고 서둘러 갈 줄 알았다면 나도 히말라야 등반을 포기했을 거다. 하지만 얘야, 이 애비도 그때 멈출 수가 없었다. 30년 공직 생활을 마치고 퇴직했을 때 나는 누군가, 어디쯤 와 있는 건가, 이제 어디로 가야 하는가, 느닷없는 절망과 허무함에 견딜 수 없었지… 그곳에 다녀오면 내 안에서 소용돌이치는 알 수 없는 불안과 상심이 가라앉으려니 했단다."

"엄마는 마지막까지 아버지를 찾았죠. 혀가 굳어 말은 할 수 없었지만 엄마는 기다렸어요. 죽음과도 같은 힘든 시간이 지나면 내일은 올까, 잠시 잠든 사이에 오지 않을까, 정신을 놓지 않으려 안간힘을 썼죠."

"미안하다…."

"아버지는 평생 엄마를 기다리게 했어요."

아버지는 머리를 움켜쥐었다. 아버지와 나 사이에 넓은 강이나 깊은 계곡이 있어 서로의 마음에 닿을 수 없는 것처럼 지난한 시간이 흘렀다. 캐모마일 차가 식었고 바람이 목덜미에 닿을 때마다 팔뚝에 오스스 소름이 돋았다. 희미한 달빛이 사위를 더욱 스산하고 불안하게 만들고 있었다.

"이제 그만 엄마 보내 주세요."

감정이 섞이지 않은 낮은 목소리였는데 아버지는 손으로 얼굴을 감싸며 흐느끼기 시작했다. 어떻게 해 볼 겨를도 없이 오열하는 모습에 가슴이 서늘해졌다. 아랫배가 다시 아팠다. 예정일이 아직 두 달 남았지만 알 수 없다고, 조심하라던 의사의 말이 떠올랐다. 나는 한 손으로 배를 문지르며 다른 손으로 아버지의 등에 손을 얹으려다 그만두었다. 아버지에게 울 시간이, 고통의 눈물 한 방울까지 들어내야 할 시간이 필요할지도 몰랐다. 아버지의 울음소리는 깊은 동굴에서 메아리치듯 웅웅거리기도 했고 모래바람이 이는 것처럼 팍팍하기도 했다. 그러다 어느 순간 아버지가 구부렸던 몸을 세우고 담담하게, 너무나 차분하게 말을 이어갔다.

"영후 에미야, 내가 느이 엄마에게 몹쓸 짓을 또 하고 말았구나. 엄마를 그렇게 보내고 절 뒷산에 뼛가루를 뿌리던 날, 내가 잠시 정신을 잃은 것 같다. 산에서 내려와 담배를 피우려고 주머니에 손을 넣었는데 뭉클하게 무언가 만져지더구나. 꺼내 보니 엄마의 유골 가루가 들어 있었어. 애야, 정말이지 나는 그러려고 한 건 아니었다. 내가 감히 어떻게 그런 마음을, 제정신이 아니고서야 어떻게 그럴 수 있었겠니….”

아버지의 목소리가 갈라졌다. 몸속에 있던 눈물이 다 쏟아져 나와 한 방울도 남아 있지 않은 것처럼 건조했다. 눈동자만 퀭했다.

“그래도 엄마는 아버지를 원망하지 않았어요. 편안하게 눈을 감았죠.”

“살면서 그때만큼 후회한 적은 없었단다.”

아버지가 어두운 하늘을 올려다보았다. 짧은 한숨 소리가 함께 새어 나왔다. 아버지를 남겨두고 일어나 엄마의 서재로 들어갔다.

이 집을 마련하고 엄마가 가장 많은 시간을 보내며 애정과 눈물과 기쁨과 슬픔을 공유했던 공간, 엄마의 서재는 이 세상에 엄마가 없다는 사실을 모르는 듯 태연하게 옛 모습 그대로였다. 6개월이 지나도록 돌아오지 않는 주인을 기다리고, 기다리고,

끝내 기다릴 모양새였다. 해외 출장으로 많은 날 집을 비웠던 아버지 대신 엄마 곁을 지켜 준 오래된 책들이 두 평이 안 되는 방을 채우고 있었다.

마흔이 되던 해에 수필로 등단했던 엄마는 소설을 쓰고 싶어 했다. 작은 일조차 아버지와 의논해서 결정했던 순종적인 엄마의 꿈은 그러나 꿈으로만 그쳐야 했다. 사무관 승진을 앞둔 아버지는 엄마가 자신에게 집중하길 원했다. "사무관만 달면, 그때 당신 하고 싶은 거 해." 하지만 엄마가 하고 싶은 일을 시작할 기회는 좀처럼 오지 않았다. 누구보다 출세를 지향했던 아버지는 능력을 인정받아 사상 최단 시간에 서기관으로 승진했다. 그 후로 엄마는 안팎으로 아버지의 손과 발이 되어 뒤치다꺼리를 해야 했다. 아버지는 엄마의 꿈 같은 건 잊은 듯 보였다. 그만하면 되었으니 엄마가 하고 싶은 일 하라고 말하던 내게 "느이 아버지 마음 불편하게 하면서까지 뭘… 나중에, 나중에 하지."라고 했다. 그리고 그 나중은 영영 기약할 수 없게 되었다.

책상 서랍을 열었다. 가지런하게 정리된 서랍 속에서 갈색 리본을 묶어 둔 상자가 눈에 띄었다.

상자에는 스킨과 로션, 핸드크림 샘플들이 종류별로 질서 있게 놓여 있었고 '내 나라 맛집 지도'라든가 '드라이브하기 좋은 코스 100선' 따위의 안내서가 쌓여 있었다. 엄마는 어디로 가고 싶었던 걸까. 상자 밑바닥에 장기기증 등록카드가 보였다.

나는 생명나눔을 실천하기 위해 아래와 같이 장기기증 등록을 합니다.

- 사후 각막
- 뇌사 시 모든 장기
  (각막, 신장, 간장, 심장, 췌장 등)
- 생존 시 신장 기증
- 인체조직(뼈, 피부, 인대 등)

항목마다 브이표로 체크된 하단에는 엄마의 이름과 서명이 날인되어 있었다.
내가 결혼을 앞두었을 때 엄마는 장기기증 서약을 했다고 알렸다. "생각해 보니 이 나이 되도록 남을 위해 한 일이 별로 없더라. 그래서 말인데"라고 운을 뗀 엄마는 건강검진을 받았고 이상이 없다는 결과에 만족하며 장기기증을 약속했다. 엄마의 바람과는 달리 서약서는 쓸모가 없었다. 엄마는 병중에도 그 점을 아쉬워했다. 그러면서 "너도 아이 낳고 키우면서 항상 주변에 감사하는 마음을 가져야 해."라고 힘주어 말했다. 선하고 아름다운 사람이었구나, 엄마는. 장기기증 카드에 쓰여 있는 엄마의 이름을 손으로 쓸다가 가슴에 가져다 대보았다.

작은 창문 옆에 엄마의 원피스가 걸려 있었다. 엄마의 흔적을 간직해야겠다고 마음먹었을 때 떠올렸던 푸른 옷소매의 원피스였다. 풍성한 주름이 잡힌 치마가 발목 길이로 내려오고 푸른색 소매가 비칠 듯 말 듯 부드럽게 팔을 감싸는 모양의 원피스. 엄마가 유난히 즐겨 입었던 탓에 내가 '여왕 그린 슬리브스'라는 별명을 붙여 주었다. 아담하고 살집이 없던 엄마가 이 원피스를 입으면 기품이 있어 보였고 실제로 영화 속의 왕비 앤처럼 우아했다. 몇 해 전 어느 문학의 밤 행사에서 시를 낭송하던 엄마의 모습이 아직도 생생했다. 시 낭송을 마쳤을 때 쏟아지던 박수 속에서 엄마는 환하게 웃었는데 그

동안 보아온 그 어떤 때보다 행복해 보였다. 좀처럼 볼 수 없었던 자신감이나 성취감으로 엄마 얼굴은 상기되어 있었다. 그날 푸른 옷소매의 원피스를 입은 엄마는 눈이 부셨고 그 모습은 내게 짙은 이미지로 남았다.

옷걸이를 빼내자 원피스가 형체를 잃고 힘없이 가라앉았다. 팔을 잃은 사람처럼, 다리를 빼앗긴 사람처럼 주저앉았다. 문득 아버지가 움켜쥔 유골 가루가 엄마의 팔이나 다리는 아니었을까, 그래서 온전한 몸을 갖지 못한 엄마가 원하는 곳으로 가지 못하는 것은 아닐까 생각했다.

둘째의 임신 사실을 알게 되었던 날 엄마의 시한부 선고도 함께 받았다. 나의 축복이 엄마의 병을 담보로 한 것은 아닌지 두려웠다. 나의 불안함과 황망함은 엄마가 급격하게 진행되는 병과 싸울 때 살뜰하게 챙기지 못했던 아버지에 대한 원망으로 옮겨갔다. 아버지를 외면하고 미워함으로써 스스로에게 면죄부를 주었다. 엄마가 떠나고 6개월이 지났지만, 아버지와 나는 어색하게 소원해졌다. 아버지는 그사이에 우울증이 깊어졌고 술에 의존해 지냈으며, 기영은 아버지와 나 사이에서 어떤 역할이든 하고 싶어 했으나 나는 곁을 주지 않았다. 아버지가 겪고 가야 할 과정이라 매몰차게 말했다. 우리 각자는 엄마를 잃은 상실감과 아픔이 너무 커 서로를 살피지 못했다. 서로를 보지 못했을 뿐 아니라 자신도 추스르지 못한 채 그저 견디고 있었다.

평생 일밖에 모르던 아버지였다. 엄마는 병과 싸우는 자신을 두고 떠났던 아버지를 이해했던 걸까. 아버지를 기다리지 못한 것은 엄마가 아니라 나였을지 몰랐다. 젊은 날 열정과 시간을 바쳤던 직장을 나온 후 주어진 긴 시간 앞에서 막막했을 아버지. 엄마의 체취가 그대로 남아 있는 이 집, 발 디디는 곳곳마다 엄마가 떠오르는 이 집에서 죄책감과 슬픔으로 고통스러웠을 아버지. 놓을 수도, 잡을 수도 없었던 막막한 시간, 그 속에서 아픔을 견뎌내야 했던 아버지. 살아서 애틋한 감정 한번 제대로 표현하지 못했던 아버지. 엄마의 유해라도 붙들고 사랑한다, 말하고 싶었을까. 아버지의 사랑법은 저렇게 품에 간직한 채 놓지 못하는 것일까. 어쩌면 아버지를 이해할 수 있을 것도 같았다. 이제 아버지의 짐을

덜어 줘야 할 때가 되었다. 나는 원피스를 무릎에 덮고 엄마가 책을 보다가, 창밖 하늘을 보다가 잠깐씩 눈을 붙였을 자리에 누웠다.

한기를 느끼고 눈을 떴을 때 어스름하게 새벽이 오고 있었다. 가볍고 상쾌한 공기였다. 원피스를 접어 들고 마루로 나왔다. 기영과 영후가 잠든 방은 고요했고 아버지 방문도 닫혀 있었다. 마당의 벤치 위에 그대로 놓인 찻잔과 주전자를 보며 어젯밤 일이 꿈은 아니었을까 생각했다.

무를 삐져 넣은 맑은 북엇국으로 아침을 준비했다. 기영과 영후가 잠에서 깨어 마당을 산책하는 동안에도 아버지는 보이지 않았다. 방은 비어 있었고 이불을 폈던 흔적도 없었다. 전화를 걸어 봐야겠다고 돌아서는데 집 뒤편에서 아버지가 허청거리며 나타났다. 옆에서 누가 붙잡지 않으면 금방이라도 쓰러질 듯 아버지는 아슬아슬하게 걸음을 뗐다. 오랜만에 아버지 얼굴을 자세히 들여다보았다. 기세 좋던 풍채와 윤기로 빛나던, 옛날에 태어났으면 재상감이라고 할머니가 자랑스러워했다던 높은 이마는 없었다. 앙상한 손목과 팔다리로 간신히 버티고 있었는데 들판 허수아비에 씌워 놓은 것처럼 셔츠와 바지가 제멋대로 펄럭거렸다. 밭에라도 다녀왔는지 신발 끝이 젖어 있었다. 아버지는 깊은 고민의 시간을 보낸 흔적이 역력했지만 눈빛만은 살아 있어 어제처럼 초점 없이 허공을 배회하는 모습은 아니었다. 무언가 중대한 결심이라도 한 것처럼 입을 앙다물고 있었다.

아침상을 차렸다. 기영이 국물에 밥을 말아 영후 입에 떠 넣었다. 물끄러미 바라보던 아버지는 조용히 숟가락을 놓고 일어섰다.

"미안하다. 입맛이 없구나. 너희들은 아침 먹고 올라가거라."

유리병에 담긴 엄마의 유해 가루에 대해 아버지는 입을 다물고 있었지만, 아버지 스스로 엄마를 보낼 방법을 찾았다는 것을 알 수 있었다. 의아해하는 기영을 재촉해 짐을 챙겼다. 영후는 어느새 할아버지 품에 안겨 떨어지지 않으려 했다.

아버지가 영후의 볼을 쓰다듬었다.

"영후야, 다음에는 할아버지와 시장에 놀러 가

자."

 아버지와 영후가 새끼손가락을 걸며 약속했다. 나는 아버지에게 이르듯 큰 소리로 영후에게 말했다.

 "영후야, 스무 밤만 자면 할아버지 우리 집에 오실 거야. 기다릴 수 있지?"

 영후와 아버지가 고개를 끄덕였다. 아버지 얼굴이 환해졌다. 기영과 영후가 차에 오르는 것을 보고 아버지 곁으로 갔다.

 "이거 엄마 서재에서 찾았어요."

 엄마의 장기기증 카드를 아버지 손에 쥐여 주었다.

 "아버지와 내가 붙들고 있는 게 엄마의 콩팥이나 심장, 아니면 팔이나 다리였을지도 모르겠네요."

 "…."

 아버지 눈동자가 흔들렸다. 나는 아버지 손을 포개어 잡았다. 거칠었지만 따뜻했다.

 "더 이상 엄마 기다리게 하지 않으셨으면 좋겠어요. 밥 잘 챙겨 드시구요."

 "그래… 걱정 말거라. 내가 어떻게든 돌려놓을

테니."

아버지는 차가 안 보일 때까지 서서 손을 흔들었다. 고속도로에 들어섰을 때 기영이 걱정스럽다는 듯, 하지만 오래 참았다는 듯 물었다.

"아버님, 별일 없으시겠지? 저렇게 계시게 해도 괜찮을까?"

"응, 아무 일 없을 거야."

"아버님과 이야기 좀 나눴어?"

"응, 그냥."

기영은 더 묻지 않았다. 나는 아버지가 "걱정 말거라. 내가 어떻게든 돌려놓을 테니."라고 했던 말을 되뇌었다. 아버지는 그럴 것이다. 어떻게든 돌려놓을 것이다.

이틀 뒤, 새벽에 갑작스럽게 진통이 찾아왔고 나는 이른 출산을 했다. 두 달을 미처 채우지 못하고 나온 아이는 선한 눈매에 동글동글한 콧방울을 한 딸이었다. 인큐베이터에서 첫 세상과 마주하겠지만 크게 걱정되지는 않았다. 기영으로부터 소식을 들은 아버지가 편지와도 같은 긴 문자를 보내왔다.

'정연아, 네가 와 줘서 고마웠다. 아비로서 면목이 없지만 네 엄마의 마지막을 내 손으로 정리할 기회를 줘서 고맙구나. 내가 부질없는 짓을 저질렀더구나. 그날 내 손안에서 흩어지는 엄마를 붙잡고 싶었다. 미안하다는 말도 못 한 채 그냥 보낼 수는 없었다. 그 순간 한 줌을 집어 주머니에 넣고 말았다. 그 후 나는 먹을 수도 잠을 잘 수도 없었다. 네가 다녀가던 날, 밤새 생각해 보았다. 어떻게 하면 네 엄마를 온전하게 보내 줄 수 있을까… 마당에 엄마의 자리를 만들 생각이다. 무슨 나무가 좋을지 생각해 보렴. 엄마의 숨결이 바람 속에, 햇빛 속에 머물며 우리 곁에 있지 않겠니….'

목이 메어 더 읽을 수 없었다. 아버지는 둘째 아이 이름이 정해지는 대로 알려 달라고 했다. 살구나무를 사다가 영후의 자두나무 옆에, 엄마의 나무 옆에 심을 거라고도 했다. 손녀 이름을 새겨 넣을 나무판을 직접 만들겠다고, 완성되면 보여 주겠노라고 했다.

나는 기영에게 둘째 아이 이름을 서둘러 짓자고 했다. 퇴원하면 장롱 안에 넣어 둔 푸른 옷소매의 원피스를 꺼내어 절에 가져갈 생각이다. 아버지와 내가 붙들고 있던 엄마를 이제는 정말 보내야겠다. 그렇다고 우리가 영원히 헤어지는 것은 아니다.

올드
브리지




 아내가 큰 소리로 웃었다. 좀처럼 없는 일이었다. 아내는 실바람이 불어오듯 조용하게 웃는 여자였다. 다정하고 따뜻한 그녀의 웃음은 마음을 편안하게 하는 힘이 있었다. 결혼생활 30여 년 동안 본 적 없는 호들갑스러운 웃음, 나는 얼결에 따라 웃고 말았다. 아차 싶어 웃음을 거두었을 때 아내가 사라졌다. 올드 브리지 밑으로 검은 강물이 흘러오고 흘러갔다.

조금 전 하이델베르크대학에서 캐서린 교수와 인터뷰를 진행할 때도 아내는 내 옆에 앉아 이런저런 참견을 했다. 호기심이 많은 그녀는 자기가 죽었다는 사실을 모르는 사람처럼 캐서린 교수에게 죽음에 관해 자꾸 물었다. 그러면서 중간중간 교수의 강한 영국식 발음을 흉내 내기도 했다. 아내는 무척 상기되어 보였다. 내가 준비한 원고대로 진행할라 치면 내 팔뚝을 힘주어 잡으며 끼어드는 바람에 나는 한 시간 반 동안 진땀을 흘렸다. 캐서린 교수 눈에는 내가 긴장하거나 이런 종류의 일에 능숙하지 않은 사람으로 비쳤을 것이다. 그럼에도 그는 노련하고 다정했다. 친절이 신체의 일부처럼 몸에 배어 있는 사람들이 그렇듯 잠깐씩 대화가 끊어지는 순간에도 느긋하게 기다릴 줄 알았고 내게 괜찮냐는 듯한 눈빛을 자주 보내 주었다.

"교수님은 호스피스 병동에서 근무하던 시절에 잊지 못할 경험을 하셨다지요? 어떤 내용인지 말씀해 주실 수 있나요?"

중요한 질문이었는데 아내가 먼저 의자를 끌어당겨 앉으며 캐서린 교수 얼굴에 자신의 얼굴을 바짝 들이댔다. 나는 움찔해서 아내의 어깨를 잡아당기려 손을 뻗었다. 그 바람에 내 손이 허공에서 휘적거렸다. 교수는 어깨를 으쓱 올렸다 내리고는 가볍게 웃었다.

"우리 인간은 자신의 죽음을 사유할 수 있는 유일한 동물이지요. 아주 오래전부터 우리는 자신뿐 아니라 주변에 사랑하는 사람이 죽음을 맞이했을 때 어떻게 대처해야 하는지, 어떤 마음을 가져야 하는지 깊이 이해하고 있었습니다. 가까운 사람의 죽음을 함께하며 자신에게 다가올 그것에 대비할 수 있었지요. 하지만 언젠가부터 우리는 죽음으로부터 도망 다니기 바빠졌어요. 우리의 일임에도 병원이나 의사에게 죽음의 과정을 모두 맡겨 버렸다고 할까요?"

"죽음으로부터 도망갈 방법이 있다는 말씀인가요?"

아내가 캐서린 교수에게 물었다. 감정이 북받치는지 목소리가 흔들렸다.

"제 할머님은 1920년대에 사셨던 분입니다. 그 당시엔 병원이 많이 없기도 했지만, 대부분은 자신의 집에서 죽음을 맞이했어요. 식구들의 마지막 인사를 받으며 다소 편안한 상태에서, 물론 고통이 없지는 않았겠지만요. 모두 돌아가며 손을 잡아 주고 입맞춤을 하고… 제대로 된 이별 인사를 했어요. 할머님은 마을에서 누군가 돌아가실 때면 그분을 찾아가 기도해 주고 죽음이 혼자만의 일이 아님을 차근차근 설명해 주곤 했답니다. 산파가 아기가 태어나는 과정을 산모에게 알려 주듯 말입니다. 숨을 크게 쉬어요, 모두 다 괜찮습니다, 편안해질 거예요… 이렇게 말이지요. 생의 마지막에 두려움이나 고통이 아닌 안락함을 느끼게 하고 싶으셨던 거지요."

**"준비할 수 없는 죽음도 있는걸요."**

아내는 캐서린 교수의 이야기에 몰입했다. 눈물이 그렁한 눈으로 손을 들어 내 얼굴에 가져다 댔다. 나는 머리를 흔들어 아내의 손을 외면하고 질문을 이어갔다.

"할머님은 의료 지식이 있으셨나 봅니다."

"지혜가 있으신 분이었어요. 할머니는 생명의 신비함과 성스러움에 특별한 관심을 가지셨다고 해요. 사람이 태어나고 성장해 죽음에 이르는 전 과정은 고결하다고 하셨답니다. 아기가 태어나는 것처럼 한 사람의 죽음도 아주 자연스러운 것으로 받아들여야 한다고 생각하셨던 것 같습니다."

"죽음이 삶의 연장선 위에 있다는 말씀처럼 들립니다."

"아주 틀린 말은 아닌 것 같군요. 죽음의 본질을 똑바로 응시하고 이해할 수 있다면 죽음 앞에서 의연해질 수 있겠지요. 그건 우리 인간이 원래 가지고 있던 지혜였습니다."

"교수님께서 아무리 그렇게 이야기해도 살아 있을 땐 모르고 지나가죠. 자신 내부에 지혜가 있다는 사실조차 모르거든요. 사랑하는 사람을 잃으면 슬픔에 매몰되기 때문이에요."

아내는 그 후 별다른 말이 없이 우리의 대화를 듣기만 했다. 한 번씩 훌쩍이더니 어느 순간 보이지 않았다. 아내가 사라지자 더 신경이 쓰였다. 인터뷰는 엉망이 되었다. 캐서린 교수가 호스피스 병동에서 일할 때 만났다는 프랑스 환자에 관한 이야기가 중요한 부분이었지만 나는 제대로 듣지 못했다. 아내가 불쑥불쑥 예고 없이 오긴 했어도 주로 내가 혼자 있을 때였다. 오늘 인터뷰가 중요하다는 것쯤 모를 리 없는 아내였기에 나는 몹시 당황했다. 아내가 야속하고 원망스러웠다. 녹음기가 있지만 캐서린 교수의 말투와 몸짓, 손짓, 그리고 눈빛이 말하는 것을 놓치지 않았어야 했다. 그가 보여 주었던 비언어적 요소가 뜻하는 의미를 알아채어 그에 적절한 질문을 하거나 나중에 기사를 쓰는 데 도움이 될 수 있도록 메모를 해 두었어야 했다. 가령 그가 할머니 이야기를 하며 존경과 사랑으로 가득한 눈빛을 빛내던 때라든가, 두 손을 깍지 끼고 무릎 위에 얹은 후 명상하듯 앉아 있었던 짧은 순간 같은 것들 말이다. 그럴 때 교수는 다른 차원에 존재하는 누군가를, 혹은 그의 할머니를 만나고 오기라도 하는 것처럼 진지했고 고요했다. 아내만 아니었다면 캐서린 교수가 만들어내는 신비롭고도 안정감 있는 분위기에 나도 함께 침잠해 들어갈 수 있었을 것이며 그랬더라면 그의 말을 온전하게 이해하고 받아들일 수 있었을 텐데, 아쉽기만 했다. 교수는 여러 차례 "아 유 오케이?"라고 물었는데, 선뜻 그렇다고 대답할 수 없어 나는 미안하다고, 다음에 다시 만날 기회가 있다면 좋겠다고, 그리고 오늘 인터뷰 내용은 아주 훌륭했다고 진심으로 말해 주었다.

처음 아내가 온 것은 자신의 사십구재 날이었다. 그날 봄비가 내렸다. 아내가 신앙생활을 했던 절에서 천도 의식을 끝내고 법당 밖으로 나왔을 때 봄비에 실려 벚꽃이 하나둘 따라 내리고 있었다. 그래도 해는 맑아 꽃잎이 가볍게 떠다니는 절 마당은 환하고 밝았다. 아내가 떠났다는 사실만큼이나 비현실적인 날씨여서 꿈을 꾸는 것은 아닌가, 짧은 순간 생각했다. 하늘을 보며 멍하니 서 있는데 옆을 지나가던 누군가 혼잣말을 했다. "좋은 곳으로 가셨나 보네." 그 말이 자국으로 남아 나는 그 후로도 자주 아내가 가 있을지도 모르는 '좋은 곳'을 떠올려 보려 애썼다. 우산을 쓰기에는 지나치다 싶을 정도의 빗줄기였다. 법당을 나와 숲으로 통하는 좁은 길을 따라 소대로 향했다. 제 엄마 영정사진을 든 희수의 머리 위로 작은 빗방울들이 맺혔다가 이내 흩어졌다. 스님의 독경이 이어지는 가운데 아내와 마지막 이별 의식을 치렀다. 소대 안에서 영정사진과 옷가지 등이 불에 타올랐는데 거침없는 불길 속에서도 아내의 웃는 모습은 흐트러지지 않았다. 희수가 바닥에 주저앉았다. 나는 부옇게 흐려지는 눈을 끔뻑이고 희수의 어깨를 감싸안았다.

희수는 그날 오후 비행기를 타고 영국으로 돌아갔다. 희수를 배웅하고 돌아온 나는 소파에 누워 꽤 오랜 시간 잠을 잤다. 눈을 떴을 때는 시간을 짐작할 수 없을 만큼 어둠이 깊었다. 몸살이 날 것처럼 한기가 돌고 무력했다. 지난 두 달 가까이 아내가 없는 빈집에 그럭저럭 적응해 왔다. 와이셔츠를 삼 일 연속으로 입고, 주방 싱크대에 거뭇하게 물때가 끼고, 욕실 수건이 없어 샤워 후 난감했던 날들이 더러 있었지만, 그런 일들이 아내의 부재 때문이라고 생각지 못했다. 불꽃 속에 녹아들던 아내의 마지막 웃는 모습이 떠오르자 허기가 졌다. 저녁을 먹으려고 식탁에 앉았는데 맞은편 의자에 아내가 앉아 있었다. 짙은 감색 앞치마를 걸치고 김치 그릇을 내 앞으로 밀어 주었다. 우리가 삼십여 년 동안 함께했던 어느 평온한 저녁의 일상과 다르지 않았다.

"이제 묵은지가 맛이 덜하지요?"

나는 잠시 혼란스러웠지만, 놀라거나 당황하지는 않았다. 사십구재였으니까 아내가 정말 마지막 인사를 하러 온 것이겠거니 생각했다. 나는 아내를 향해 웃었다.
"고마워."

"웬일로 고맙다는 말을 다 하네요?"

그때도 아내는 입가를 올리고 눈을 반쯤 감으며 미소 지었다. 나는 물에 만 밥을 겨우겨우 넘기면서 몇 번이나 맞은편을 바라보았다. 아내는 두 손을 깍지 껴 식탁 위에 올리고 내가 식사하는 것을 지켜보았다. 밥알을 되씹으며 곰곰이 생각해 보니 그동안 아내의 장례를 치르고 유품을 정리하는 중에도 회사 일에 매진하느라 아내의 부재를 채 느끼지 못했다는 생각이 들었다.

"미안하오."

"난 그저 당신이 보고 싶어서... 나 신경 쓰지 말고 어서 밥이나 먹어요. 반찬이 영 그렇네."

아내는 내가 식사를 모두 마치고 설거지를 한 후 잠자리에 들었을 때 소리 없이 옆자리에 와서 누웠다. 그녀의 냄새, 우디향이 나를 깊은 잠으로 이끌었다. 그 후로도 아내는 자주 나를 찾아왔다.

캐서린 교수 인터뷰 기사를 기획한 건 박 주간이었다. TED 강연의 열렬 애청자였던 박 주간은 어느 날 캐서린 교수의 강연을 듣고 가슴을 치고 지나가는 무언가가 있었다며 반드시 그를 만나야겠다고 했다. 농담처럼 꺼낸 말이 간부 회의를 거쳐 프로젝트가 되었다. 캐서린 교수의 인터뷰어는 자연스럽게 박 주간으로 결정되었다. 박 주간은 유난스럽게 이번 인터뷰 준비에 열성을 보였다. 그의 계획에는 식구들과 일주일간의 독일 여행도 포함되었다. 출국을 보름 앞둔 주말, 박 주간이 교통사고로 입원하게 되었고 내가 캐서린 교수를 만나게 된 것이었다.

"이번 기획은 특별판으로 나가니까 고 국장이 직접 나서는 게 맞지."

사장은 처음부터 나를 보낼 생각이었다는 듯 당연하게 말했다. 아내를 잃고 모든 것에 의욕을 갖지 못하던 나를 위해 사장이 배려했다는 말을 출국 직전 박 주간에게 들었다. 일의 중요도를 따져 보아도 이번 건은 반드시 나여야만 했다는 말도 덧붙였는데, 박 주간 개인적인 생각인 듯했다. 우리는 20주년 특별기획으로 준비한 이번 인터뷰에 거는 기대가 상당했다. 그동안 문화예술 분야의 인사들을 인터뷰하고 그 내용을 중심으로 실었던 심층 기사가 우리 문학잡지를 대표해 왔다. 편집국장인 내가 가장 공을 들이는 부분이기도 했다. 아내는 기사를 읽은 후 이런저런 피드백을 주었는데, 섬세하면서 예리한 아내의 의견은 꽤 도움이 되었다. 사장은 그런 아내를 편집부에 특채로 모시자고 농을 하곤 했다. 그런 만큼 오늘 인터뷰를 매끄럽게 진행하지 못한 것이 마음에 걸렸다. 캐서린 교수의 심중을 제대로 이해한 건지, 아내에게 신경 쓰느라 그에게 결례를 한 것은 아닌지, 기사를 어떻게 갈무리해야 할지 감이 잡히지 않아 산책이나 하러 나온 길이었다. 올드 브리지에 서서 하이델베르크성을 건너다보고 있을 때 아내가 내 손을 잡으며 깔깔 웃었던 것이다.

"나는 여보, 캐서린 교수님 생각만 하면 기분이 너무 좋아요. 같은 여자끼리 통하는 것도 있구. 당신은 어땠어?"

아내를 따라 한참을 웃다가 정신을 차리고 보니 아내는 사라지고 네카어강 위로 석양이 내려앉고 있었다. 꿈을 꾸다가 깨어난 것처럼 아쉽고 허전했다. 아내를 다시 볼 수 있을까, 주변을 둘러보는데 한 노인이 다가왔다. 날카롭게 뻗은 콧날과 분홍

빛이 도는 얼굴에 말끔한 청색 재킷 차림이었다.

"안녕하세요, 혹시… 한국인이신가요?"

예상치 못한 한국어에 당황해 얼른 대답하지 못했다. 우물거리는 사이 노인이 지팡이를 다리 난간에 기대어 놓고 강물로 시선을 옮겼다.

"놀라셨나요? 나는 저 건너에 삽니다."

노인이 올드 브리지 건너 고풍스럽고 우아한 붉은색 지붕들이 모여 있는 마을을 가리켰다. 흰 구름 떠 있는 푸른 하늘과 붉은 지붕의 조화가 평화로워 보이는 곳. 여러 해 전에 아내와 희수와 함께 여행길에 들렀던 철학자의 길 입구였다.

"한국말을 무척 잘하시는군요."

"조금 합니다. 유창하진 못해요."

"발음도 정확하신걸요."

"내 손녀가 한국에 있어요. 어느 날 갑자기 한국엘 가겠다면서 떠났지요. 그 애를 못 본 지 오 년이나 되었네요."

"손녀가 보고 싶으시겠어요."

"한국은 어떤 나라인가요?"

"한국은….”

한국은 어떤 나라일까. 한국어로 해야 하는지 영어로 해야 하는지, 독일어가 필요한지 고민했지만, 노인은 딱히 내 대답을 원하는 것 같아 보이지 않았다. 아코디언 연주 소리가 둘 사이의 침묵을 파고들었다. 귀에 익숙한 멜로디였는데 선뜻 제목은 떠오르지 않았다. 파란색 아코디언을 들고 연주하는 다리 위의 악사를 바라보며 노인에게 대꾸할 말을 찾았다. 악사의 헝클어진 갈색 머리카락이 박자에 맞추듯 이리저리 흔들렸다.

"괜찮다면 함께 걷겠소?"

노인이 갑자기 제안했다. 거절할 마땅한 변명거리도 떠오르지 않았지만, 왠지 그의 말대로 해야 할 것 같은 기분이 들었다.

"좋습니다. 저도 마침 걷고 싶었거든요."

우리는 철학자의 길을 뒤로 하고 하이델베르크대학교가 있는 타운을 향해 걷기 시작했다. 봄이라고는 해도 해가 지고 있을 때라 서늘한 바람에 목덜미가 움츠러들었다. 노인은 나보다 키가 한 뼘쯤 더 컸고 어깨가 다부졌다. 이마 위로 흘러내린 은색 머리카락이 붉은 노을과 어우러져 아름답게 빛났다. 노인은 지팡이에 의존하지 않고 반듯하게 또박또박, 기품 있게 걸음을 옮겼다. 다리를 다 지나도록 우리는 말이 없었다. 그 순간이 낯설거나 불편하지 않았다. 마음이 차분하게 가라앉으며 인터뷰 때의 긴장이 풀어지고 금세 사라져간 아내의 웃음으로 쓸쓸했던 마음도 편안해졌다. 오렌지색으로 등을 밝힌 구시가지의 카페와 펍, 레스토랑에는 관광객들과 학생들로 활기가 넘쳤다. 고기 굽는 고릿한 냄새, 쌉싸름한 맥주 거품 냄새, 다국적 사람들이 섞여 만들어내는 익숙지 않은 냄새로 좁은 거리가 한껏 들떠 있었다. 그러면서도 오래된 역사의 위세와 도도함이 하이델베르크 구도심을 감싸고 있었다. 시간이 녹아들어 품위가 느껴지는 작은 간판들, 색색의 꽃들로 장식된 창문과 그곳에서 흘러나오는 듯한 낯선 향기. 처음 만난 노인과 이국의 거리를 걷고 있는 이 순간이 나쁘지 않았다. 잠시 후 노인과 나는 강변 옆 어느 건물 앞에서 걸음을 멈추었다. 건물은 높이가 제법 되었는데 옅은 크림색 페인트가 칠해져 있는 외벽 중간중간에 가로선이 그어져 있었고 그 옆으로 숫자가 적혀 있었다. 가로선의

간격은 불규칙했으며 특별한 패턴이 없었다. 어릴 적 키를 재려고 벽에 금을 그어 놓은 듯한 모습이었다. 가로선과 숫자는 건물의 지붕 바로 밑까지 이어졌다.

"저것이 보이나요?"

"네, 보입니다."

"저 선과 숫자가 무엇 같나요?"

이번에는 노인이 영어로 물었다.

"글쎄요."

노인이 잠시 미소 짓더니 느긋하면서도 명료한 발음으로 이야기했다.

"저 선들은 네카어강물이 닿았던 지점을 표시한 것이오. 그 옆 숫자는 날짜를 기록한 것이지요."

"아, 그렇군요. 1700년대가 보이고 1800년대도 몇 번 있습니다. 가장 최근 기록이 1945년이군요. 그런데 강물이 닿았던 지점치고는 너무 높은 것 같습니다. 제일 위의 것은 1784년 2월… 27일…이라고 되어 있네요. 그리고… 무려 높이가 9.4미터라고 표시된 게 맞습니까?"

"맞소."

"믿기 어렵군요."

"240년 전 일이지요. 그때 강물이 넘쳐 도시를 삼켰다오. 많은 사람이 목숨을 잃었지. 강물에 휩쓸려 어디로 갔는지 모르는 사람도 많았소. 어린아이들은 왜 죽어야 하는지 몰랐고, 죽음 앞에서 사람들은 서로 위안이 되지 못했어요. 아무것도 할 수 없었소."

"인간이 할 수 있는 일이 많지 않은 것 같습니다."

"운명은 파도처럼 덮쳐오지 않습니까. 저항할 수 없어요."

나는 노인을 쳐다보았다. 노인이 가장 위쪽의 가로선에 눈길을 둔 채 잠시 말을 멈추었다.

"그래도 삶은 이어지지요. 누군가 또 태어나 자라고, 누군가는 죽음을 향해 가고 있고… 우리 인간은 쉬지 않아요."

노인이 내 눈을 깊이 들여다보며 말을 이어갔다. 나를 만나 들려주려고 오래전부터 준비한 사람 같았다.

"내가 죽어 없어지는 것 같아도 나는 우리 아이

들 마음속에 살아 있지요. 마음뿐 아니라 그 애들의 살갗과 붉은 피, 머리카락에도 내가 있어요. 내 삶이 끝나는 게 아니란 말이오."

"네, 그렇지요."

"그 반대의 경우도 마찬가지라오. 젊은이들이 사라져도 그들의 숨결은 우리에게 남아 있어요. 매 순간 함께 숨을 쉬고 같이 느낀다오."

"네…."

나는 조금 피곤해졌다. 처음 만난 노인과 삶이니 죽음이니 하는 이야기를 계속 이어가고 싶지 않았다.

"손녀는 잘 있습니까?"

화제를 돌리려 내가 물었다. 노인이 하려던 말을 멈추고 나를 바라보았다.

"그 애는 한국에서 잘 지낼 겁니다."

노인이 다시 한국어로 대답했다.

"아까 한국이 어떤 나라냐고 제게 물으셨죠? 안전하고 깨끗한 곳이지요."

나도 한국어로 이야기했다. 노인과 한국어로 대화할 수 있다는 사실에 안심이 되었고 편안해졌다. 한국이 어떤 곳이냐고 묻는 외국인에게 적절하게 답해 줄 말이 생각나지 않아 무심하게 말했다.

"손녀 걱정은 하지 않으셔도 괜찮을 것 같습니다."

"그렇게 생각한다니 다행이군요."

"한국에 가 보신 적이 있으십니까?"

"네, 작년에 손녀를 보러 한번 다녀왔습니다. 서울 중심에 있는 멋진 곳이더군요. 젊은이들이 즐겨 모이는 곳이라 했어요. 밝고 건강한 느낌이 나는 곳이었소. 손녀는 그곳을 자주 갔던 모양이오. 물론 그 애는 한국을 무척 사랑했다오. 한국의 모든 것을 말이오."

노인이 말을 멈추고 지팡이로 땅을 툭툭 두드렸다. 머리카락을 쓸어 넘기는 손이 해쓱했다. 그의 미간이 좁혀졌다. 노인의 한국어는 정확했고 발음 또한 나무랄 데가 없었다. 그는 자신이 사용한 '사랑했다오'라든가 '지낼 겁니다'와 같은 종결 문장에서 과거 시제나 미래 시제가 어떤 때, 어떻게 쓰이는지 의미와 용법까지도 잘 아는 사람이었다. 그가 완벽하게 구사하는 한국어 문장과 단어를 듣자 나는 영문도 모르게 긴장이 되었다. 잠시 후 노인이 단어 하나하나 힘주어 말하기 시작했다.

"그날 사고가 있었다고 하더군요. 축제가 열렸는데 많은 사람이 죽었다고 했소. 나는 한달음에 한국으로 달려갔어요. 하지만 그 애를 볼 수는 없었소. 그게 마지막이었어요. 그 아이는 한국에서 삶을 마쳤소. 데려오고 싶었는데 그러지 못했소. 그 앤 한국에 남았어요."

노인이 손바닥으로 얼굴을 감쌌다. 창백하고 야윈 손가락 사이로 눈물이 흘렀다. 나는 고개를 떨구었다.

"괜찮아요, 괜찮아요."

아내가 내 어깨를 토닥이며 말했다. 아내는 조용히 웃었다. 오래전 어린 희수를 잠재울 때처럼 편안하고 믿음직스러운 모습이었다. 아내의 눈을 똑바로 바라볼 수 없었다. 고개를 돌리고 아내를 따라 미소 지었다. 슬프고 아름다운 웃음을 웃을 줄 아는 아내였다. 손을 내밀어 아내의 손을 잡으려 하자 아내가 다시 사라지고 없었다.

아내는 뉴스를 좋아했다. 매번 같은 내용을 비슷한 순서로 내보내는 뉴스를 채널을 돌려가며 샅샅이 섭렵했다. 어떤 날은 앵커 흉내를 내면서 내게 재방송을 하기도 했다. 그럴 때 아내는 왼쪽 어깨를 틀어 비스듬히 앉아 두 손을 포개 무릎에 얹고 흠흠 목을 가다듬었다. 억지로 끌어올린 입꼬리 위로 살짝 볼록해진 아내의 볼은 귀여웠다. 아내는 말을 잘하고 예쁘게 했다. 발음에 신경을 썼으며 어감의 아름다움에 집중했다. 어떤 말을 해야 상대에게 힘이 되는지 잘 알고 있었다. 아내의 미소와 정갈한 말을 동력 삼아 우리 가족은 꽤 괜찮은 삶을 사는 중이었다. 희수는 자신이 원하는 대학에 들어가 꿈을 향해 걷는 중이었고, 나는 큰돈을 벌지는 못하지만, 아내 말에 따르면 기품 있는 일 — 글을 쓰고, 글 쓰는 사람들을 조명해서 빛나게 만드는 — 을 하는 사람이었으므로 이 정도면 건강한 삶이라고 우리 스스로 생각했다. 그날이 있기 전까지는 그랬다.

영국에서 유학하던 희수가 방학이 돼 집에 왔

다. 3년 만이었다. 아내는 최대한 많은 시간을 내어 딸과 함께하려고 했다. 둘은 먼 곳으로 혹은 가까운 곳으로 여행을 하고 떨어져 있던 시간 동안 누리지 못했던 소소한 재미를 찾아다니며 휴가를 즐겼다. 새해였고 서울의 중심에서는 K-pop을 대표하는 뮤지션들의 합동 공연이 있었다. 거리마다 새해에 대한 기대를 안고, 콘서트의 열정과 흥분을 주체하지 못한 무리가 떼를 지어 몰려다녔다. 낮과 밤이 따로 있지 않았으며 추위 속에서도 그들은 뜨겁게 타올랐다. 가깝고 먼 나라에서 콘서트를 보려고 사람들이 몰려왔다. 콘서트가 열리는 밤이 되었을 때 서울의 분위기는 절정에 이르렀다. 서울시는 많은 인파가 몰리는 만큼 안전에 전력을 기울이겠다고 뉴스를 통해, 시민들의 개인 메시지를 통해 강한 의지를 보여 주었다.

　희수는 영국에서 생활하며 자신이 한국인이라는 것이 자랑스러웠다고 했다. 한국에서 왔다는 이유로 외국인 친구들의 관심을 받을 때면 전에 없던 애국심이 불쑥불쑥 솟아났다고. 세계 각지에서 모인 학생들 사이에서 희수는 중심에 있었는데, 그들이 한국의 모든 것에 심취해 있었기 때문에 자신도 덩달아 중요한 사람이 되어 있었다고 했다. 콘서트를 보고 돌아가서 뒷이야기를 들려주고 싶다고, 제 엄마를 부추겨 둘은 함께 서울의 중심가로 나갔다. 그리고 다음 날 희수만 돌아왔다. 순식간에 엄마의 손을 놓치고 돌아보았을 때 넘어져 쌓인 사람들 틈에서 엄마가 손짓했다고, 어서 달려가라고 힘차게 손을 저었다고 희수가 말했다. 밀려오는 사람들에 휩쓸려 엄마에게 갈 수 없었다고. 일주일 만에 아내를 찾았을 때 얼굴은 짓이겨지고 손은 너덜너덜 찢겨 있었다. 희수는 끝내 제 엄마를 보지 못하고 정신을 잃었다. 아내의 장례식이 이어지는 동안 희수는 병원에서 지내야 했다.

아내가 좋아하던 뉴스에서는 24시간 콘서트장 사고를 다루었다. 무질서한 군중들, 주최 측의 허술한 준비, 무신경한 관료들의 변명…. 사망자만 150명이 넘었고 다치거나 실종된 사람의 수는 집계조차 나오지 않았다. 사망자 중에는 외국인이 절반이었는데, 대부분 20대였다. 몇몇 방송국에서는 희생자들의 서사를 취재하고 보도함으로써 인재의 비참함을 부각하고 사람들의 분노와 동정을 끌어내려 애썼다. 아내가 있었다면 누구보다 깊은 애도의 마음을 담아 뉴스가 전하지 못하는 그날의 이야기를 해 주었을 것이었다. 아내가 있었다면.

"제가 선생님 시간을 너무 많이 빼앗았군요. 이제 저도 집으로 가야겠어요."

노인이 잠에서 깨어나듯 말했다. 피곤해 보였다.

"네, 어르신. 오늘 만나서 반가웠습니다. 건강하세요."

"고맙구려."

노인이 앙상한 손을 내밀어 악수를 청했다. 나는 두 손을 모아 노인의 손을 그러잡았다. 노인에게 한국에 다시 오지 않겠느냐고 말하려다 그만두었다. 한국이 어떤 나라인지 선뜻 대답할 수 없었던 이유와 비슷하지 않을까, 혼자 막연하게 말을 삼켰다.

노인이 올드 브리지를 향해 걷기 시작했다. 다리를 건너올 때처럼 천천히, 부드럽고 당당하게 걸었다. 파란색 아코디언을 켜는 악사가 노인에게 눈인사를 했다. 노인은 고개를 약간 숙여 악사에게 답했다. 다리 위로 사람들이 지나가고 지나왔다. 다리 중간쯤에 이르렀을 때 노인이 사진을 찍는 젊은 커플에게 다가갔다. 어둠이 내리고 있었으므로 선명하지는 않았지만, 커플은 아시안처럼 보였다. 노인이 지팡이를 난간에 기대어 두고 그들에게 말을 걸었다. 나는 노인과 얼마간의 거리를 유지하면서 올드 브리지 위로 들어섰다. 해가 완전히 넘어가자 네카어강 물 위로 주변 상점의 네온램프 불빛이 은은하게 쏟아졌다. 강물이 빛을 안고 일렁이며 흘렀다. 캐서린 교수가 기억한다던 호스피스 병동의 프랑스 여자를 떠올렸다.

'그녀는 2차 세계대전 당시 프랑스 레지스탕스로 활약했던 용맹한 사람이었습니다. 말년에 암으로 고통받고 있었는데 그녀의 갈색 눈은 사람의 영혼까지 뚫어 볼 듯 예리하게 살아 반짝였고 젊은 날의 긍지를 잃지 않으려 애쓰던 사람이었지요. 어느 날 그녀는 더 이상 고통을 참을 수 없다고, 이 지옥에서 벗어나 빨리 죽고 싶다며 의사를 만나고 싶어 했습니다. 서둘러 죽고 싶다던 그녀의 말은 다름 아니라 자연스럽고 당연하게 죽음을 받아들이겠다는 의지였어요. 그녀는 의사에게 언젠가 자신이 죽는 순간이 오면 그 죽음의 과정을 자신에게 자세하게 말해 줄 수 있느냐고 물었습니다. 두려움에 떨면서 죽는 순간을 맞고 싶지 않다고 했어요. 의사가 자신의 손을 잡고 설명해 준다면, 죽음도 자신이 살아온 어느 평범한 하루의 일처럼 여겨질 것 같다고 말입니다. 의사는 그러겠다고 약속했습니다. 그리고 그날이 왔을 때, 그녀는 가족들과 그녀를 돌보던 의료진들이 지켜보는 가운데 눈을 감고 자신이 죽어 가는 순간을 들었어요. 매우 편안해 보였습니다. 그러다 어느 순간 점점 호흡이 약해지더니 결국 마지막 숨을 뱉지 않았죠…. 특별할 것 없는 마지막이었습니다. 그 자리에 있던 누구도 통곡하거나 그녀를 좀 더 살게 하려고 몸부림치지 않았어요. 그녀의 딸조차도 말이지요. 한 생명의 마지막을 함께한다는 고귀하고 순결한 감정만 가득했지요. 어쩌면 조용하고 따뜻하게 미소를 지었는지도 모르겠어요. 우리에겐 죽음을 상기함으로써 그 불안과 두려움에서 벗어날 수 있는 지혜가 있거든요. 그녀처럼 말입니다.'

캐서린 교수가 말을 마치고 잠시 생각에 잠겼을 때 아내도 고개를 크게 끄덕였었다. 준비할 수 없었던 자신의 죽음이 안타까울 법도 하건만, 아내는 마치 그 프랑스 여자를 애도하고 존경하는 것처럼 보였다. 나는 아내가 왜 캐서린 교수의 인터뷰 자리에 왔었는지 이해할 수 있을 것 같았다. 아내가 보고 싶어졌다. 올드 브리지 위에 서서 아내를 기다렸다.

* 이 소설은 Kathryn Mannix 님의
  TED 강연 내용을 일부 참고했습니다.

지
제

　그의 첫인상은 우울했다. 내 직감으로는 그가 우울한 기질을 타고난 것은 아니다. 아마 그는 신산한 삶을 살았거나 크게 만족스럽지 못한 생을 보냈을 게 틀림없다. 나는 나의 직감을 신뢰한다. 수치화해 보여 줄 수는 없지만, 그렇게 믿고 있다. 그는 우울한 표정으로 눈썹에 힘을 주고 입을 앙다물고 있다. 자신의 주변에서 일어나는 모든 변화를 거부하겠다는 듯한 고집스러운 모습이다. 그에게 시간이 필요할 것 같다. 그를 지켜보기로 한다.

밤이 되자 그가 반응하기 시작한다. 눈을 가늘게 뜨더니 눈동자를 굴려 두리번거린다. 금방이라도 눈물을 쏟을 것처럼 상심한 얼굴이다. 밖에서는 사람들이 웅성거리고 누군가는 술에 취해 고함을 지르고 더러는 큰 소리로 울기도 한다.

반갑습니다.

나는 그가 놀라지 않도록 신경을 쓰며 말을 건다. 그가 사레들린 것처럼 훅, 짧은 숨을 삼킨다.

누구요?

목소리가 흔들린다.

그동안 고생하셨습니다. 이제 마음을 놓으셔도 됩니다.

누구냐고!

차차 알게 되실 겁니다.

반갑다고? 기가 막히는군.

불쾌하셨다면 사과드리겠습니다.

꺼져.

그가 다시 눈을 감는다. 나는 그에게 충분한 시간을 주고 싶었으므로 기다린다. 내게 있어 기다림이란 숨을 쉬는 것처럼 당연하고 일상적이다. 처음엔 조바심도 일었다. 끝내 내 역할을 하지 못할 것 같은 불안함이 몰려오곤 했는데 그럴 때면 나는 꺼칠하고 시커멓게 삭았다. 주인이 사라져 버린 후 내가 의미 없이 흩어져 버릴까 봐 애를 태웠다. 그래도 세상 모든 것에는 존재의 이유가 있다고 했던 주인의 말을 기억하려 했다. 나의 주인은 지혜롭고 세심한 사람이었다. 사물을 깊이 볼 줄 알았고 온 마음으로 이해했다. 그는 자신의 통찰이 훈련을 통해 얻어진 것이라 했지만 그 시간이 얼마나 오랜지, 얼마나 치열했는지 나는 가늠할 수 없었다. 주인은 긴 시간에 걸쳐 나를 만들어냈다. 그가 만들었던 어떤 것보다 많은 시간과 땀과 손길이 내게 머물렀다는 것을 안다. 그는 동이 틀 무렵 일어나 기도했다. 자신과 바위와 새와 바람과 하늘, 하늘 너머에 있을 모든 것들이 평화롭고 행복하기를, 안전하고 자유롭기를, 고통과 슬픔에서 벗어나기를 진정으로 원했다. 기도하는 모습을 보는 것만으로도 그를 사랑하고 존경하기에 충분했다. 기도를 마치고 나면 간단히 아침을 들고 나를 향해 앉아 하루를 보냈다.

구석구석 내 몸을 닦고 쓰다듬으며 자랑스러워했다. 새로운 주인을 기다리는 동안 나를 버티게 해준 것은 그의 마지막 말이었다.

"지제, 네 이름은 지제支堤란다. 아주 신성한 것을 말하지. 고귀한 것 말이야. 알아들을 수 있겠지? 언젠가는 네 이름에 어울리는 일을 하게 될 거란다. 기억하렴. 네가 얼마나 눈부신지."

밤이 깊도록 그는 잠잠하다. 한숨 소리만 거칠게 울린다. 얼마 후 그가 먼저 말을 걸어온다.

아직 거기 있소?

네. 처음부터 당신과 함께였고 앞으로도 그럴 겁니다.

나를 아시오?

이제부터 알아가려 합니다.

하나 물어봅시다. 내가… 죽은… 게 맞습니까?

…그런 것 같습니다.

그런 것 같다니?

죽음을 정의하는 방법에는 여러 가지가 있으니까요.

복잡하군. 게다가 냉정해. 내가 죽었다면 반갑다느니 따위의 말은 하면 안 되는 것 아니오?

그런 뜻은 아니었습니다. 다시 사과드립니다. 하지만 제가 그렇게 냉정한 편은 아닙니다. 허허.

그가 다시 입을 다물까 봐 조금 과장되게 웃어본다.

알 수 없는 사람이군… 근데 사람인 건 맞소?

우리가 생각을 나눌 수 있다는 사실이 중요한 것 아닐까요.

생각을 나눈다고? 얼굴도 없는 당신과? 미친 짓!

혼란스러우시겠지요. 당연합니다.

이보시오, 나는 아직 내 죽음도 받아들일 수 없소. 게다가 귀신이 말을 걸어오다니, 또 나를 골탕 먹이려는 수작이 아니냐 말이오.

오해하지 않으셨으면 좋겠습니다.

아, 아, 뭐가 뭔지 모르겠소.

그가 고개를 흔들며 소리 지른다.

나의 주인은 누구보다 삶을 사랑했으며 죽음

또한 그 이상의 가치가 있고 존엄하다고 여겼다. 생명이 태어날 때 축복하듯 목숨이 다할 때 슬퍼하지 않아야 한다고 했다. 뼈는 흙으로, 피는 물로, 영혼은 바람으로 흩어지며 언젠가는 다른 모습으로 온다고, 그러니 죽음은 사라지는 것이 아니라 새로운 곳으로 돌아가는 것이라고. 그 숭고한 순간에 내가 쓰이길 바란다고 했다.

그가 눈을 감고 골똘히 생각에 빠져 있다. 푸석하게 주저앉은 머리칼, 작고 초라한 몸뚱이, 그가 편안하길 바란다.

나는… 더 살고 싶었소.

그가 혼잣말처럼 탄식한다. 눈가의 주름을 따라 눈물이 주룩 흘러내린다. 60이 갓 넘은 나이에 비하면 굵고 단단한 주름이다. 나는 그의 눈물을 닦아 준다.

저도 그랬습니다.

당신도 죽음을 경험했단 말이오?

아마 여러 번일 겁니다.

여러 번 죽었다고?

네. 그때마다 당혹스러웠고 두려웠고 억울했어요.

끔찍하군요.

네. 알면서도 그렇지요.

이해는 안 가지만, 죽은 마당에 당신이 귀신이든 뭐든 간에 말이나 시원하게 하고 싶소.

저도 당신과 이야기하는 게 좋습니다.

홍기가 그렇게 갔을 때, 아, 홍기는 내 아들이오. 심장이 고장 난 채로 태어난 불쌍한 아이지.

그가 울먹인다. 나는 그 울음을 안다. 그리움과 안타까움이 응어리져 눈물로 흐른다. 내가 씨앗이었을 때, 풀잎이거나 바람이었을 때 만나고 헤어진 것들과 보낸 시간에 언제나 눈물과 웃음이 있었다. 영겁의 세월 전, 검은 살갗에 갈색 눈동자를 가진 아기를 떠날 때는 나도 울었다. 헤어지기 전에 더 많이 사랑해 줄걸, 세상의 아름답고 순수한 이야기들을 더 많이 들려줄걸, 삶이 고단하고 외롭지만 신념을 지켜낼 수 있다고 용기를 줄걸, 어쩌다 길을 잘못 들더라도 포기하지 않고 밝은 빛을 따라 걸어

갈 수 있도록 응원하겠다고 말해 줄걸.

　　나는 남자와 그의 아들이 헤쳐나온 회한과 슬픔의 시간을 떠올린다.


　　나는 몇 번이나 그 애를 따라 죽으려 했소. 무슨 까닭인지 번번이 실패를 하더군. 그럴 때마다 화가 나더니 나중에는 무섬증이 생겼지. 아들 잃은 참담함에 앞뒤 가리지 않고 덤볐다는 생각이 들었소. 점점 죽음이 두려워졌소. 오래 살고 싶어졌지. … 듣고 있는 거요?

　　네 물론입니다.

　　억울해요. 성실하게 산 것 같은데 인생이 내 맘대로 흘러간 적이 단 한 번도 없었다오. 고아원에 버려진 후 나를 지킬 사람은 나밖에 없다는 사실을 일찍 깨달았지. 뼈가 부서지고 살이 녹도록 일을 했어. 그나마 착한 아내를 만난 건 척박한 내 삶에 하늘이 주는 친절이라 여겼소. 착각이었지. 친절이란 그럴 때 쓰는 말이 아닌 것을…. 그런 것 있잖소. 제대로 혼내기 전에 사탕을 쥐여 주어 마음을 놓게 만드는 그런 것 말이오.

그가 말할 때마다 굵고 단단한 주름들이 꿈틀거린다. 얼굴이 일그러진다. 우는 것도 같고 웃는 것도 같다. 그의 숨이 텁텁하고 뜨겁다. 나의 주인을 생각한다. 그러면 이 남자에게 무슨 말을 했을까.

처음엔 신에게 매달렸소. 더 착하게 살 테니 봐달라고 말이오.

저라도 그랬을 겁니다.

홍기 이름으로 보육원에, 병원에, 학교에까지 기부했다오.

당신은 용감한 사람이었군요.

그렇게 해서라도 내 명을 늘리고 싶었지. 온갖 좋다는 음식과 영양제를 탐하고 하루 몇만 걸음씩 걸었소. 서쪽으로 서쪽으로 걷다가 다음 날이면 다시 반대쪽으로 걸었지. 어떤 때는 너무 먼 곳까지 걸어가 집으로 돌아가지 못할 때도 있었소. 아내는 나더러 욕심을 부린다고 합디다. 자식 앞세운 세상에 무슨 미련이 있느냐고 하더군.

모두가 영원히 살고 싶어 하지요.

죽지 않는 방법이 있다면 내 다리 한쪽을 팔아서라도 구하고 싶었소. 떨어져 나가는 손톱 발톱 조각까지도 아까워 미치겠더군.

그가 진저리를 친다. 금방이라도 뛰쳐나갈 것처럼 손을 불끈 쥔다. 세차게 고개를 젓는다. 몸에서 떨어져 나온 살비듬이 어지럽게 흩어진다.

지금도 나는 살고 싶소. 죽는 게 무서워요.

그가 운다. 끈적한 눈물이 흘러내린다. 나는 그를 안아 준다.

걱정 마세요. 제가 당신과 함께하겠습니다.

함께한다니?

저도 이제 임무를 다할 때가 왔습니다.

아, 당신은 대체 무엇이란 말이오?

제 소개가 좀 늦었군요. 저는 관棺입니다. 한 생명이 마지막을 맞을 때, 그리고 다시 새롭게 시작할 때 함께하지요.

관이라고? 말도 안 되는 소리.

지금은 관의 모습이지만 저는 향나무였고 어쩌면 당신과 내가 기억할 수 없는 까마득한 때에 우리가 서로 한 몸이었거나 친구였을 수도 있습니다.

무슨 말인지 모르겠군요.

저를 느끼실 수 있다면 그것으로 충분합니다.

당신 삶도 만만치 않구려. 누군가 죽어야 존재가 드러나니 말이오. 슬프지 않소?

기다리는 동안 좀 불안하긴 했지만, 슬프지는 않습니다. 믿고 있었으니까요.

여러 번 죽었다면서 죽음 따윈 두려워하지 않는 것 같군요.

두렵습니다. 그래서 함께하는 거지요.

생각해 보면 나는 죽는 것 이상으로 사는 것을 무서워했던 것 같소. 삶에 끌려다니지 않았다면 좋았을걸.

당신은 이미 그렇게 사셨는걸요. 행복했던 일도 고통스러웠던 일도 모두 훌륭하게 지나왔어요. 주어진 일에 충실했고 진실했다는 걸 압니다.

열심히 살았지. 다만 죽음이 두려웠소. 남겨진다는 것은 또 어떻고. 죽음이란 산 자와 죽는 자 모두에게 감당하기 어려운 상실이라오.

아직도 힘드신가요?

글쎄요…. 이야기를 나누다 보니 좀 나아졌소. 내 삶만 그랬겠나 싶은 생각도 들고. 무엇보다 당신과 함께라는 게 참 다행이고 고맙소.

다행입니다.

우리는 이제 어떻게 되는 겁니까?

생명을 정리하는 거지요. 하지만 그게 끝은 아닙니다.

죽으면 그만 아니오?

나는 죽음 너머의 일을 알고 있어요. 세상에 영원한 건 없지만, 끝 또한 없다고 했습니다. 당신은 다시 흙이 되고 비가 되고 나무가 되어 곳곳에 머물게 될 것입니다. 당신의 흔적은 당신의 아내에게, 홍기에게 남아 있어요. 당신 아내는 당신을 생각하며 아프고 아름다웠던 시간을 기억할 겁니다. 그러니 당신이 없어져 버리는 게 아니지요.

우리 홍기도 어딘가에 있을까요?

물론입니다.

나도 다시 태어날 수 있을까. 그럴 수 있다면 바람으로 태어나고 싶어요. 훌훌 날아가 홍기의 눈과 코와 입술을 만지고 그 아이의 냄새를 맡고 싶구려. 근데, 홍기가 나를 알아볼 수 있을까요?

그럴 겁니다. 당신 아내도 당신과 아들을 함께 볼 수 있을 겁니다.

그렇지. 내 아내, 가엾은 사람. 아내에게 다음에 다시 만나자고 말할 걸 그랬소.

지금이라도 전하세요. 밖에 계시니까요.

그의 아내가 다가온다. 야윈 얼굴로 조용히 걸어온다. 손에 들었던 염주를 빼내 내 위에 얹는다. 발끝부터 머리까지 나를 천천히 쓰다듬는다. 손의 떨림이 남자와 내가 자리한 깊은 곳까지 닿는다.

"잘 가요, 당신. 고생 많았어요. 내 곧 가리다."

당신의 아내가 마지막 인사를 하는군요. 당신이 편안하기를 바란답니다.

내 아내가 왔군요.

그가 아내의 손을 끌어다 가슴에 댄다. 둘은 눈물을 흘린다.

날이 밝는다. 부산스러운 움직임, 낮은 탄식, 낯선 냄새들이 사방에 가득 찬다. 남자가 오래도록 나를 응시한다. 그의 눈에서 맑은 눈물이 흐른다. 옅은 미소를 지으며 그가 내게 안긴다. 그의 작은 몸, 거친 손과 발, 굵고 자잘한 주름들이 어둠 속에서 부드럽고 환하게 빛난다.

추천사

# 상흔과 화해와 구원의 감동

전현서 작가의 소설은 특히 문장과 구성의 근간이 섬세하면서도 품격이 있다. 주제 또한 선명하여 독자를 작품 속 화자의 상황 속에 꼼짝없이 묶이게 한다.

표제작 「탱고」를 비롯하여 「춘하추동 밥집」 등 단편 6편과 「지제」 등 짧은 스마트 소설 2편이 수록된 작가의 첫 소설집 상재인데, 작품마다 울림이 깊어 완독하고도 한동안 침묵에 잠기게 했다.

서민들의 애환(哀歡)과 유소년 적의 상처가 평생의 상흔(傷痕)으로 심층 켜켜이 붙박여 이후의 일생을 휘젓는, 소시민들의 안간힘과 화해(和解)와 구원(救援)이 작품의 밑그림이다.

전봇대에 붙은 전단지의 "삶이 지루할 땐 탱고"를 가슴에 품고 소리 내어 읊는 것만으로 자위(自慰)하는,

「탱고」는 소시민의 아픔과 특히 리얼한 긍정적 사랑이 돋보이는 역저(力著)이다.

    소설은 대체적으로 독자에게 흥미와 감동과 울림을 주는 것이 보편적인 과제다. 세상이 점차 종이책과 거리가 멀어지는, 영혼이 박탈되는 삭막한 난세가 되어진다 해도 내 삶에 화해와 희망과 구원이 주체가 된, 뼈를 저미듯 진정성이 넘치는 글은 오래도록 빛날 것이다.

    전현서 님의 첫 창작집 『탱고』를 거듭 크게 박수쳐 축하하면서, 이어 중·장편집도 발간되기를 진심으로 바라마지 않는다.

**金芝娟**
(김지연. 소설가)

작
가
의
말

　　살면서 나를 돌아볼 기회를 많이 갖지 못했습니다. 지나간 일에 붙들려 끌려다니거나 다가올 미래를 걱정하느라 대부분의 시간을 보냈기 때문입니다. 저녁에 잠자리에 누우면 바람처럼 흩어져 버린 하루가 너무 아까웠지만, 내일은 좀 더 나은 날이 되기를 간절히 바라곤 했습니다. 그렇게 지나온 하루하루가 쌓여 어느새 60년 가까운 세월이 되었습니다. 가끔 나는 누구인가, 무엇을 좋아하고, 어떤 꿈을 꾸는가, 하는 짧은 상념에 머물기도 했는데 여전히 그럴듯한 답은 찾지 못했습니다. 눈길이 가는 곳, 마음이 닿는 곳을 기웃거리다 야금야금 여기까지 왔습니다.

그동안 써 두었던 글을 모아 첫 소설집을 냅니다. 두렵습니다. 두려움을 떨치려 소설 속 인물들을 한 명씩 불러 봅니다. 살면서 만났거나 스쳐 간 오랜 인연들을 면면이 떠올립니다. 더러는 작은 오해로 소원해지기도 했고 생각지 못했던 감동으로 나를 눈물짓게 했으며 삶의 고비마다 묵묵하게 손을 잡아주던 그들, 내 삶 속으로 들어와 크고 작은 영향을 주고는 머물거나 지나간 사람들이 소설 속에 있습니다. 나의 순수한 독자들은 궁금해할 것 같습니다. 저도 그랬으니까요. 소설에 나오는 인물이나 사건이 실화냐고 말입니다. 직접 겪은 것인지 몹시 알고 싶어합니다. 간단하게 답할 수 없습니다. 그렇기도 하고 아니기도 하니까요.

소설 〈탱고〉를 이끌어 가는 주인공 홍련은 8년 전 세상을 떠난 사촌 언니 이름을 빌려왔습니다. 그녀는 내가 아는 모든 사람 중에 가장 선한 사람이었습니다. 술에 의지할 수밖에 없었지만, 인간이 인간을 사랑하는 법을 잘 알고 있었던 그녀, 사람의 도리를 지키고자 했던 그녀의 삶을 존중합니다. 그녀가 〈탱고〉를 읽는다면 주근깨가 박힌 장난기 가득한 웃음으로 칭찬해 주었을 것 같습니다. 그녀가 편안한 곳에 머물며 몸매가 드러나는 드레스를 입고 사뿐하고 경쾌하게 탱고를 출 수 있기를 바랍니다.

중학생 때 처음 야구 경기를 보러 갔습니다. 프로야구가 생기기 전 고교야구의 인기는 실로 대단했습니다. 티브이로만 보다가 처음으로 전철을 타고 낯선 서울에 도착해 동대문운동장에 들어섰을 때 알아버렸습니다. 내 인생에서 야구가 차지하게 될 그 큰 무게를 말입니다. 없는 용돈을 아껴 야구 교본을 사서 공부하고 동대문운동장을 들락거리던 그때의 열정적인 내 모습이 그립습니다. 소설을 쓰기 시작하면서 꼭 한 번은 야구 이야기를 해야지, 마음먹었는데 그렇게 탄생한 것이 〈스틸〉입니다. 마공수라는 인물을 만들고 그에게 도루를 시키면서 짜릿함을 느껴보고 싶었습니다. 흔히 말합니다. 야구는 인생의 축소판이라고. 야구 경기를 보며 달고 쓰고 떫은 삶의 맛을 알았다면 지나친 비약일지 모르지만, 나에게 야구는 수행과 다르지 않았습니다. '스틸'은 야구에서 도루(steal)를 의미합니다만, 이 소설을 쓸 때는 영어 단어 '스틸'을 우리말로 표기

했을 때 그 다중 의미를 염두에 두었습니다. 같은 발음에 다른 철자를 쓰는 스틸(still)은 '그럼에도 불구하고' 또는 '고요한' 등으로 해석합니다. 나는 특히 '그럼에도 불구하고'라는 말을 좋아합니다. 이루지 못한 목표가 있더라도, 그 길을 향해 나아갈 때 갖은 고난이 닥쳐도, 그럼에도 불구하고 기어코 끝까지 걸어가는 나의 모습, 우리의 모습이 연상되기 때문입니다. 그리고 나면 언젠가는 '고요함' 속에 안주할 수 있을 것이라 희망합니다. 여러분도 함께 대도大盜 마공수를 응원해 주시면 좋겠습니다.

아버지가 돌아가신 후 어머니가 살기 위해 궁여지책으로 시작한 것이 밥집 '춘하추동'이었습니다. 춘하추동은 밥도 팔고 술도 파는 동네 허름한 가게였지요. 음식 맛보다 어머니의 미모로 더 이름을 날린 곳이었어요. 그때 어머니 나이 50이 채 안 되었으니 성숙한 아름다움이 절정이었을 겁니다. 사춘기로 몸살을 앓던 나는 그런 어머니의 아름다움이 불편했습니다. 그래도 일찍 철이 들어 싫은 내색을 겉으로 하지는 않았던 것 같습니다. 속으로 묻으며 나만 상처받았다고 생각했는데, 그때의 어머니 나이보다 훨씬 더 나이를 먹은 뒤 돌아보니 아니었습니다. 쉰일곱에 돌아가시기 전까지 춘하추동에서 당신의 시름을 위로받았던 어머니가 보고 싶습니다. 처음엔 〈그녀에게〉였다가 〈손톱〉으로, 다시 〈춘하추동 밥집〉으로 세 차례나 제목이 바뀌며 탄생한 이 소설을 어머니에게 바칩니다.

〈숨은그림〉은 청년의 고독사를 생각하며 쓴 글입니다. 모든 죽음이 안타깝지만 젊은 사람이 세상을 등진다는 것은 무척 큰 슬픔입니다. 그 순간 누구 한 사람이라도 그들의 말을 들어줄 사람이 있었다면, 손을 내밀어 일으켜 줄 수 있었다면 어땠을까. 우리 모두 힘든 날을 피해 잠깐씩 숨었다가 다시 태어날 수 있다면 좋겠습니다.

십오륙여 년 전 인연을 맺은 베트남 친구가 있습니다. 나이로 치자면 딸뻘이지만 그녀는 저보다 삶의 경험이 풍부하고 지혜롭습니다. 어린 나이에 한국으로 시집와 어려운 시기를 이겨 내고 지금은 안정된 직장에서 꿈을 키워가고 있습니다. 중학교에 다니는 아들을 어찌나 잘 키웠는지 그 아이를 바라만 보아도 나는 실실 웃음이 납니다. 얼마 전 그녀는 대학에 입학해 공부를 이어가고 싶다고 했습니다. 그녀가 꿈꾸는 모든 미래가 환하게 빛나기를 바라며 〈보파김밥〉을 썼습니다.

　네 살 터울의 언니가 있었습니다. 아버지보다 엄격하고 어머니만큼 인자했던 그녀는 내 삶에 가장 큰 영향을 준 사람입니다. 부모님이 일찍 돌아가시고 둘만 남게 되었을 때 언니는 내게 부모 이상의 존재였습니다. 그런 언니가 쉰일곱 되던 해에 떠났습니다. 그녀가 남기고 간 흔적은 너무도 깊고 강렬하여 나는 한동안 제대로 된 생활을 할 수 없었습니다. 아직도 그녀의 사진을 똑바로 보지 못합니다. 평생 병마에 시달리면서도 지혜를 찾고자 했으며 품위 있는 삶을 동경한 사람이었습니다. 시간이 넉넉했다면 그녀는 아마 소설을 쓰거나 그림을 그렸을 것 같습니다. 나의 모든 인문학적 소양은 그녀로부터 비롯합니다. 〈푸른 옷소매〉는 그녀를 생각하며 쓴 글입니다. 세상에서 나를 가장 깊이 이해하고 사랑해 준 사람, 전경서에게 이 소설집을 보여주고 싶습니다.

〈올드 브리지〉는 딸아이와 함께 독일에 갔을 때 우연히 만났던 어느 노인에 관한 이야기를 모티프로 했습니다. 하이델베르크대학을 둘러보고 올드 브리지에 서서 네카어강을 바라보고 있었습니다. 보라색과 오렌지색으로 빛나는 이국의 저녁노을에 취해 있을 때 한 노신사가 말을 걸어왔습니다. 독일인이 분명해 보였는데 한국어를 유창하게 사용하더군요. 순간 내가 서 있던 그 시간과 공간이 비현실적으로 느껴졌습니다. 이것을 소설로 구상해 보리라 마음먹고 오랜 시간 고민하고 묵혀두다가 겨우 완성했습니다. 예고 없이 닥치는 죽음을 어떻게 받아들여야 하는지에 관한 문제를 다루고자 했습니다.

지금은 지제에 살고 있습니다. 태어나고 자란 곳을 떠나 낯선 동네로 간다는 사실이 설렜는데, 무엇보다 내 마음을 움직인 것은 '지제之制'라는 지명이었습니다. 무슨 뜻일까, 한자의 뜻을 찾아보고 마을 이름 유래를 살펴보았습니다. 조선 후기에는 이 지역 이름이 紙除로 기록되었는데 종이를 생산했던 마을에서 흔히 볼 수 있는 지명이라고만 되어 있을 뿐 자세한 유래를 알기 어려웠습니다. 그때는 이 마을에 크고 작은 닥나무가 뒷산을 가득 채웠을지도 모르겠습니다. 시간이 지날수록 지제라는 단어의 음감에 괜스레 마음이 갔습니다. 이-푸 투안의 말을 빌리자면 "공간은 장소보다 추상적이다. 처음에는 별 특징이 없던 공간은 우리가 그곳을 더 잘 알게 되고 그곳에 가치를 부여하면서 장소가 된다."고 합니다. 얼마 전까지 평범한 공간에 지나지 않았던 '지제'가 마음속으로 들어와 내게 특별한 장소가 되는 것 같았습니다. 지제를 소재로 하여 글을 써 보자 한 것이 소설 〈지제〉가 되었습니다. 네이버 사전에 의하면 '지제支堤'라는 말은 산스크리트어 caitya의 음사로, 신성한 것으로 여겨 공양하고 숭배하는 나무·탑·당 등을 말한다고 합니다. 지제라는 이름을 가진 관棺을 주인공으로 한 조금 특별한 소설을 만들었습니다. 근 몇 년 사이에 사랑하는 사람들의 죽음을 목도하면서 죽음에 대한 시각에 변화가 온 것 같습니다. 죽음이 그저 두렵고 슬프기만 한 것이 아니라 정든 사람을 보낼 때 베푸는 환송회 같은 게 아닐까 하는 생각이 들었습니다. 이 세상에 와서 인연을 맺고 울고 웃으며 채워 나갔던 시간들을 회상하면서 애썼다고 서로 토닥여 주는 죽음, 기꺼이 포용할 수 있는 죽음의 시간이 되면 좋겠습니다. 그 길에 동무처럼 지제가 함께하길 바랍니다.

　소설에서 빠져나와 보니 소설집 『탱고』를 관통하는 화두가 '죽음'이더군요. 죽음을 잘 준비하는 일은 잘 살아내는 일만큼 중요하고 가치 있다는 것을 아는 나이가 되었습니다. 앞으로도 나는 죽음을 자주 떠올리고 글로 옮기는 작업을 계속할 것 같습니다.
　내가 소설을 쓰는 이유를 생각해 봅니다. 심오한 철학적 사유를 제시하는 것도, 어렵기만 한 삶을 풀어 갈 힌트를 주는 것도 아닙니다. 나는 그저 사람의 이야기, 우리의 이야기를 하고 싶습니다. 대단하지는 않아도 우리가, 내가 있었다는 것을 누구 한 사람이라도 기억해 준다면 그것으로 위안이 될 것 같습니다. 그 한 사람의 역할을 하려 합니다. 『탱고』 속 모든 인물은 나이며 당신이며 우리 모두입니다. 우리가 같은 시간, 같은 공간에 머물렀다는 사실이 참으로 고맙고 신기합니다. 우리를 사랑합니다.

이 책이 나오기까지 고마운 분들이 많습니다. 진정한 작가의 사명이 무엇인지 일깨워 주신 남지심 선생님, 나 자신을 의심하며 머뭇거릴 때 응원과 격려를 아끼지 않으신 김지연 선생님, 두 분 선생님 고맙습니다. 같은 곳을 향해 가며 느린 나의 걸음에 기꺼이 발맞추어 주는 문우들, 여러분이 있어 매번 힘을 냅니다. 탁월한 미적 감각을 아낌없이 쏟아부어 멋지게 책을 만들어 준 출판사 대표님, 고맙습니다. 글 쓴다고 소홀했던 많은 시간을 묵묵하게 참아 준 남편과 딸, 아들에게도 고마운 마음을 전합니다. 우리 모두의 삶이 평화롭고 자유롭기를 꿈꿉니다.

2024년 10월 지제에서
전현서

탱고					-끝-